MINECRAFT
我的世界　怪物小队3
苦力怕之战

MINECRAFT
我的世界　怪物小队3
苦力怕之战

[美]黛丽拉·S.道森◎著

韦云杰◎译

童趣出版有限公司编译　　人民邮电出版社出版

北　京

图书在版编目（CIP）数据

我的世界. 怪物小队. 3，苦力怕之战 /（美）黛利拉·S.道森著；童趣出版有限公司编译；韦云杰译. -- 北京：人民邮电出版社，2024.1
ISBN 978-7-115-63340-8

Ⅰ. ①我… Ⅱ. ①黛… ②童… ③韦… Ⅲ. ①儿童小说－长篇小说－美国－现代 Ⅳ. ①I712.84

中国国家版本馆CIP数据核字(2023)第225142号

著作权合同登记号 图字：01-2023-1261

本书中文简体字版由大苹果代理公司代理授权童趣出版有限公司、人民邮电出版社出版发行。未经出版者书面许可，对本书的任何部分不得以任何方式或任何手段复制和传播。本书只限于中华人民共和国境内（香港、澳门、台湾地区除外）销售，任何在上述地区以外对本书的销售行为，均构成对权利人的权利侵权行为，应承担相应法律责任。

Minecraft: Mob squad is a work of fiction. Names, places, characters, and incidents either are the product of the author's imagination or are used fictitiously. Any resemblance to actual persons, living or dead, events, or locales is entirely coincidental.

© 2022 Mojang AB. All Rights Reserved. Minecraft, the Minecraft logo, the Mojang Studios logo and the Creeper logo are trademarks of the Microsoft group of companies.

著	：[美]黛丽拉·S.道森	责任编辑：许治军
译	：韦云杰	责任印制：李晓敏
排版制作	：北京汉魂图文设计有限公司	封面设计：关昭昕

编	译	：童趣出版有限公司
出	版	：人民邮电出版社
地	址	：北京市丰台区成寿寺路 11 号邮电出版大厦（100164）
网	址	：www.childrenfun.com.cn

读者热线：010-81054177　　　　　　　经销电话：010-81054120

印	刷	：北京华联印刷有限公司
开	本	：889×1194 1/32
印	张	：8.75
字	数	：260 千字
版	次	：2024 年 1 月第 1 版 2024 年 1 月第 1 次印刷
书	号	：ISBN 978-7-115-63340-8
定	价	：59.00 元

版权所有，侵权必究。如发现质量问题，请直接联系读者服务部：010-81054177。

献给你，

对，正是你。

外面的世界广袤无垠，

你拥有一颗冒险家之心。

永远不要为了几个土豆而驻足停歇。

1

老斯图

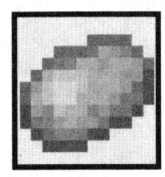先交代一下：我叫斯图，是聚宝盆镇最年长的长老，也是镇上第二年长的人。还有，你必须给我乖乖地待在城墙之内。

孩子，听明白了吗？永远不要去主世界。

那些创始人建造聚宝盆镇乃事出有因。外面的世界很可怕，特别危险。那里有吓人的怪物和嗜血的动物，还有不顾你死活的陌生人。

当然，城墙之外或许有不错的风景、有趣的居民和不计其数的宝藏，或许还有森林、海洋、绿宝石和美西螈……是的，会有人告诉你，聚宝盆镇的居民都是伟大冒险家的后代，我们的骨子里都有着英勇、无畏、探索、创造等有待挖掘的潜力。

要我说，这些都是胡说八道。

简直一派胡言。

孩子，就待在墙内。你需要的我们都可以给你。别跑去外面。

你永远不知道自己会发现什么。

那些发现有可能会成为你自己的厄运。

现在，离开我的店铺。给我出去！小孩子就是又吵又烦人。这就是我不想要小孩儿的原因。我喜欢自己的生活，就像喜欢我的小镇一样：安宁、平静、无聊。

趁你还没走，要买把锄头吗？回家种土豆——这真是个好办法。在目光所及之处都种上一排排土豆，让自己每天的晚餐都能吃到漂亮又结实的土豆，它们一直都是人畜无害的。

你不需要剑和盔甲，也不需要那些新式的骏马。

你只需要在墙内种种土豆，安居乐业，颐养天年。

记住我的话——你这辈子最不想去的地方就是主世界。

城墙就是你的朋友。

2

蕾娜

先交代一下：我叫蕾娜，是镇上最老、最怪的那个人的学徒。还有，你可千万别听信老斯图说的任何一个字。他不知道自己在说些什么。他这辈子从来没有走出过聚宝盆镇的城墙，即便最近有次城门大开，镇上的居民可以自由进出，或者说，勉强能够自由进出，他也未曾踏出城墙一步。

他们还是不喜欢我和伙伴们到主世界去。

尽管我们曾是四代人以来第一批去往墙外冒险的人，尽管我们还拯救过这座小镇两次，但老斯图和其他长老还是认为我们是在惹是生非。

当然，我们已经习惯了被镇上的人们区别对待。他们在过去常常称呼我们为"害群之马"，有些人如今还在这么称呼。

我的世界　怪物小队 3　苦力怕之战

我们和他们所期望的那种正常人不一样。

正如我所说，我是镇上最老、最怪的那个人的学徒。她是我的朋友玛尔的高祖母——楠，她有一肚子的传奇故事。我们目前正在筹建一座图书馆，供镇上的居民使用，以便让他们了解小镇的历史，以及墙外的世界——镇里没有的生物群系。楠还教会我如何使用弓箭，如何合成材料，如何烘焙她拿手的曲奇。也许更重要的是，她教会了我，与众不同并非过错。我的家人常常取笑我整天做白日梦，照他们的话说就是"有点儿疯"。但是楠告诉我，这是上天赐予我的礼物。于是，我开始对她的话深信不疑。

我穿过小镇，每个口袋里都塞满了曲奇，经过镇中心——那是聚宝盆镇的正中心，大多数长老和传统的家族都住在这儿的老房子里。这些房屋又窄又长，错落有致，可我和朋友们都选择住到了稍远一点儿的地方。我住到了楠家边上的一处小屋，坐落于远离镇中心的森林里，紧紧挨着城墙。楠的玄孙女玛尔和她父母住在一个奶牛场里，那儿的房子不像镇中心那么拥挤，也有养牛的地方。楚格和他的弟弟托克住在他们的商店后面，位于"新聚宝盆镇"，是最近墙外新兴的一处聚居地。还有贾罗，他以前曾是欺负我们的大恶霸，现在成了我们的好伙计，他还在楚格兄弟家旁边开了家店，饲养马匹和羊驼，租借给过往的旅行者。

我这会儿正在去和朋友们一块儿吃早饭的路上。实际上，这是介于早饭和午饭之间的一顿，楚格称其为"午快饭"。他喜欢取名字，但是并不擅长，所以他的宠物猪才会被叫作"小家伙"。我自己的宠物是一匹被驯化的小母狼，它叫波比，正在我身旁小跑着，吐着舌头，摇着尾巴。它也喜欢吃午快饭，因为可以顺便和小家伙，还有托克的两只叫康多和克拉里蒂的猫一起玩耍。

我以前害怕路过镇中心，因为贾罗和他的喽啰——艾德和雷米总是会蹿出来欺负我。但现在，贾罗是我们小队的一员，艾德和雷米也因为长大被喊去工作了。他俩都在我家的矿场里干活儿，跟那里的人相处得很融洽。我一直都觉得他俩笨得跟石头似的，现在可算能臭味相投地待在一起了。对我来说这算是一种解脱，因为走在镇上的时候就只会有一些肮脏的目光投过来，再也不会有扔到我背上的腐烂甜菜根了。

玛尔正在她家门前等着我。她坐在栅栏上，挠弄着她最爱的奶牛康纳的耳后。康纳高兴地哞哞叫着，我把从沿途杂草丛生的牧场里摘来的一束小麦递给它。

"你还带了小麦之外的东西，对吗？"玛尔问道，并从栅栏上跳下来，与我一块儿走路。

"我还带了一口袋，满满一口袋的曲奇。"我喊道。玛尔用拳头杵了我一下，这很不错。我的朋友都知道我一般不喜欢身体接触。这是我们之间的相互妥协。

从玛尔家的农场到城墙的路途并不远，一路上她将自己在奶牛场后方的矿洞里发现矿石和宝石的事向我和盘托出。说来有趣，我出生在以挖矿为业的家庭，却讨厌挖矿。玛尔却是在主世界学会挖矿之后，便意识到自己喜爱这项工作。如果我是一个成天只和奶牛打交道的独生女，而不是出生于一个正经矿场的正经家庭，也不是家里十个正经孩子当中最小的那个，现在的情况可能会变得有所不同，但我们也无从得知。我很高兴遇到了楠，她看出了我的潜力。我现在很开心，玛尔也是，要是男孩儿们见到我带了这么多曲奇过去，他们也会很开心的。

城墙的大门已经映入眼帘，但当我认出有人要阻止我们出城的时候，心情便一下子低落了下来。

"哦，不。"我嘀咕道。

玛尔向前看了看，叹了口气。

我的大哥拉尔斯挡住了我们的去路。

"请报上名来。"他说道。他收起剑，掏出本子。

我和玛尔面面相觑。

"名字？"玛尔问道，她比我勇敢得多，尤其是在我的家人面前。我宁可面对一百只僵尸，也不愿面对我的大姐莱蒂，而大哥拉尔斯也就比她小一岁，同样不会宽以待人。

拉尔斯挺起胸脯说道："名字。长老们已经下令，我们必须随时登记每一位进出小镇的人。所以，请报上你们的名字。"

他穿着全套铁盔甲——还是我的朋友托克做的——腰间挂着把剑。不管是谁，凡是给拉尔斯武器的人肯定头脑不清醒。

"你认识我们的，"玛尔说道，"你俩是亲兄妹。咱俩是远房表亲。"

另一个守卫抡起拳头盯着我们。那是吉米，镇上主要的牧羊人之一。我对他知之甚少，因为他是个大人，通常待在他的牧场里，但他以前肯定叫过我们"害群之马"。他也带着一把剑。

"孩子，长老们不想要你们的族谱。他们只想要'名字'。这是新流程，希望你们能遵守。所以，只要说出你们的名字，我们就都能回到各自忙碌的生活了。"

我环顾四周，出入城门的路上并无他人，目光所及的主世界中也没有活物的踪迹。

"你们在忙些什么？"我问道。

"给鲁莽的小屁孩讲规矩。"吉米咬牙切齿地回答。

玛尔和我面面相觑，疑惑不解，她耸了耸肩说："我叫玛尔，她叫蕾娜。我们现在可以走了吗？"

拉尔斯把我们的名字记到了本子上，舌头在齿间伸探着。他从未如此擅长写字。"玛尔和疯子蕾娜。"他让我无法忘记这个老家绰号，这名字让我害怕。"好的，然后是我的名字缩写，还有日期。目的地是？"

"目的地？"玛尔反问道。

拉尔斯夸张地叹了口气："你们要去哪儿？我们要登记每一位进入和离开小镇的人，所以得告诉我们，你们要去哪儿。"

"我们要去和楚格、托克、贾罗一起在新聚宝盆镇吃午快饭。你知道咱们小镇的另一部分在墙外吧？"玛尔说道，脸迅速变得跟她的头发一样红。

我的世界　怪物小队3　苦力怕之战

拉尔斯把这些也记了下来。"可以了。瞧，有那么难吗？如果你遵循指示，咱们早就办完了。"

"我们可以走了吗？"玛尔问道。

吉米和拉尔斯一齐后撤，仿佛他俩一直在训练齐步走，样子令人毛骨悚然。

"居民们，在外当心，"吉米试图用听起来很官方的语气警告道，"主世界十分危险。"

我朝他眨眨眼："吉米，你自己去过墙外吗？"

"这和今天的谈话没有关系！"吉米吼道，"我是受命守护城墙的守卫，我会在这里坚守。"

"在他生气之前，你们最好赶快走，"拉尔斯冷笑道，"守卫现在每天都要向长老汇报，你们肯定不想被'扣分'。"

"'扣分'是什么意思？"

他的冷笑变成嗤笑："你们会知道的。"

我和玛尔赶紧朝着新聚宝盆镇跑去，我止不住皱着鼻子，像是闻了什么臭东西似的。

"刚才那都是什么？"我说道，"不敢相信有人会心甘情愿地把锋利的东西交给拉尔斯。他以前总是把镐头掉到脚趾上，所以才被安排到矿场之外的分拣场。"

玛尔一边思考一边揪着她的辫子说："我敢肯定是老斯图和加伯长老干的。他们不喜欢城墙上的门，所以可能就琢磨着让它变得难用。"她摇了摇头，回头看了一眼，"以前只有一名穿着常服的城墙守卫，谁有空谁就去站岗，主要任务是迎接客人。现在却是两名穿着全套铁盔甲、拿着武器发号施令的守卫。上次我们来这儿是什么时候?两天前?当时并没有这种规矩。我想知道他们为什么要改变规则。吃完午快饭后,我们必须得把这件事告诉楠。"

"你觉不觉得我们应该改叫'早午饭'?"

她翻了个白眼说道:"是的,但我不打算告诉楚格,这会伤他的心。你知道他对'午快饭'这个名字有多骄傲。"

一顿令人垂涎的大餐正在楚格兄弟俩店铺外的桌子上静候我们的到来,兄弟俩在这个店里售卖弟弟托克用工作台和酿造台制作的各种玩意儿。楚格准备好了美味的馅儿饼、牛排、土豆和面包,玛尔带来了一桶鲜牛奶。贾罗走过来,后边跟着他的小猫喵喵和一匹可爱的斑点小马。我能听见托克和以往一样在工作台上发出的敲打声,但当我们一坐下来,楚格就大喊道:"托克!快点儿!午快饭时间到啦!"

托克看起来状态很好——上次远行中他学会了酿造合适的药水,这会儿头发和眉毛都长回来了。他微笑着,他的猫咪们和新生的猫崽正在他的脚边嬉戏玩闹。

"我为那匹小马想好了一个完美的名字。"楚格说。

"那是马驹。"贾罗纠正道。

"不,那名字糟透了。你听好了啊!我想的是——骏马先生!"

贾罗顿时哑口无言,很难想象他以前是欺负我们所有人的大恶霸;他真的很善良,而且他现在已经离开了他老妈和以前的狐朋狗友。"不，我的意思是，'小马'的学名应该是'马驹'，它的名字叫阿尔。"

楚格有点儿泄气地小声嘀咕道："好吧，但下一个会是骏马先生，对吗？因为那是个好名字。我也可以接受它叫'华夫爵士'。"

贾罗被嘴里的炖菜呛着了，楚格好心地帮他拍着背，对于是他造成贾罗呛着的事却全然没有意识到。

"嘿，蕾娜。"托克把我的注意力从眼前的场景转移开来，"楠有没有关于'红石'的书？"

"红石是什么？"我问道，虽然我在矿场长大，却从未听说过这个东西。

"有时我会找到这些红石方块，"玛尔解释道，"它们会产生这种奇怪的红石粉。"

"我一直在用它做实验。"托克兴奋地把身子向前倾，双眸发亮，"这有点儿像我以前发明的东西，只是它们从来没有发挥过作用。红石里藏着些秘密，我感觉我已经很接近答案了，但是——"

"但是至少还不会爆炸。"楚格接下了托克的话。

我摇摇头说："我在书中从没读到过相关的内容。但楠的藏书大多是有关植物、怪物或者生物群系之类的，没有关于挖矿的。我在矿场的亲戚可能会了解更多。"

"他们可真恶心。"楚格小声嘀咕道。我笑了笑，因为我知道朋友们会支持我，这种感觉很好。

"是的,不值得问他们。"玛尔一边咀嚼着一边看向城墙的方向,皱起了眉头,"我不敢相信拉尔斯会主动报名去当城墙守卫。"

我叹了口气说:"我敢信。有的人为了让自己感到备受重视会做任何事。"

"嘿,还记得拉尔斯上次脸朝下摔到牛粪上吗?"楚格问道。

"当然,是你推的。"托克笑着说。

"哇!那竟然是你干的?我一直在嫉妒这事呢。干得漂亮!"贾罗紧握住楚格的手,紧接着他俩做了一套精心设计的握手动作,最后以模拟一个放屁的声音结束。

我们都大笑着,回忆起那天的情形,我从没梦想过自己会如此快乐。我们大快朵颐,直到揉着肚子叫嚷着。波比在草地上睡着了,身上躺着几只小猫崽,旁边还有一只浑身沾满淤泥的小猪。到了玛尔该回家做家务的时间了,我们帮着收拾餐桌,彼此道别,朝着城墙方向走去。

这一次,当拉尔斯询问我们名字的时候,我们就直接说了出来,只为匆匆离开,尽快远离他那傲慢的笑容。我挺想帮他回忆自己摔进牛粪的事,但我知道他肯定会找其他办法来报复我——尤其是他现在认为自己很强势。玛尔挤牛奶的时候,我正在享受牧场的氛围,观察着蜜蜂,画着飞鸟的素描插画,我正准备写一本关于动植物的书。奶牛们很喜欢玛尔,但当我想尝试给玛尔搭把手的时候,这些奶牛就会变得很不情愿,因为我老是思绪乱飞,它们真的不喜欢让注意力不集中的人来给自己挤奶。

  装满牛奶的桶被整齐地放好。我和玛尔小心翼翼地拎着一桶送给楠的鲜牛奶匆忙地在路上走着，途中穿过了镇中心。老斯图从他的店里盯着我们看，我想知道为什么他会对不按照他的方式开展的一切事情感到害怕。也并不是所有老人都像他那样——楠就绝对不是那样的人。

  我们接近楠的小屋时，我的嘴角便开始上扬。她的小屋窗台前的盒子里开满了我们一起栽种的鲜花，昏昏欲睡的蜜蜂在蜂巢周围嗡嗡作响。白天这时候，楠通常都在外面的摇椅上坐着读书，享受着午后的阳光——等候着她的牛奶。奇怪的是，楠现在不在屋外，小屋的门却敞开着。我们推门而入时，看见了这一切的答案。

  "哦，不！"玛尔大喊道，"楠！"

3

玛尔

先交代一下：我叫玛尔。现在我的脑子一片空白，因为我的高祖母显然遇到麻烦了。

楠趴在地上，肚子贴地，四肢伸展，就像摔倒了一样。她是镇上年纪最大的人，超过一百岁，但她看起来总是那么身体强健、精神抖擞。我蹲跪下来，在蕾娜的帮助下轻轻地将楠翻过身来。只见楠眨着眼睛，一边咳嗽一边摇着脑袋。她的皮肤呈灰白色，肌肉松弛，双眼无神。

"楠，"我轻柔地说，"发生了什么？"

"玛拉，是你吗？"她嘟哝道。我突然畏缩了，因为她叫的不是我——是我妈。

"楠，我是玛尔。"

"还有蕾娜。"

"对,还有蕾娜。您摔倒了吗?受伤了吗?"

楠用力摇头,舔着干燥的双唇,自己挣扎着要坐起来。"无事发生。我只是老了,仅此而已。我需要睡一会儿了。把我扶到床上去吧,可以吗,玛拉?这地板是该好好修理修理了。"

我们小心翼翼地把楠搀扶起来,帮她跟跟跄跄地走到床边躺下。我们帮她盖好被子,她疲惫地叹了口气,靠在枕头上,闭上了眼睛。

"她早上还好好的,我发誓。"蕾娜气喘吁吁且焦急地说道,"她比我醒得早,还责怪我没有给窗台上的绿植除草。"

"楠,和我说说您的感受吧。"我握着她的手问道。她眨了眨眼,眼神在四处寻找我。

我从没见过她这个样子,吓人极了。

"玛拉,把你的衬衫换掉。"她嘟哝道,"总是弄得满身奶牛毛,这女孩儿。"

"不是的,楠。是我。玛尔。玛拉的女儿。您什么时候开始感觉不适的?"

她咳嗽几声,接着我俩对上了目光。"我那时正在外面看书,心脏开始怦怦乱跳。我进屋想找杯喝的,便开始感觉天旋地转,我就像是在一条船上,然后我就摔倒了。我只是太累了,无法站起身来。这真是奇怪至极。现在让我休息会儿,好吗?哼,小屁孩,真让人讨厌。"

她的双眼飘飘然地闭上了。我看向蕾娜，说道："你之前听说过这样的病症吗？也许，在你的某本书里？"

蕾娜摇摇头说："我可以找找，但我觉得不会有。"

我注视着敞开的屋门，目光投向了镇上。"你会待在这儿陪她吗？我想去趟镇中心找蒂尼和加伯长老。他们也许会更了解。"

蕾娜披了披楠脚边的被子，走向一处书架，已经抽出一本旧书了。"去吧，我会照看好她的。"

我点点头，一个箭步向镇中心跑去，宛如身后有上千个骷髅骑手正在追赶我。幸好距离不算远，我冲进蒂尼的店铺，大口喘着粗气。她皱着眉头从柜台后面抬起头来。话说回来，我们镇上的治疗师见到我和我朋友们的时候大多都会皱起眉头。我想，如果你是那个出售玻璃瓶装的稀有药水的人，碰上这样一群吵闹的小孩儿也会是你的噩梦。

"救救……"我设法从嘴里蹦出字来，"楠。"

蒂尼站起来，整理了一下她的长袍，捋顺了她的灰发，说道："怎么回事？她摔倒了吗？"

我摇着头说："她……病了。她是摔倒了，却是因为别的事情。她现在正躺在床上，看着不像摔坏骨头的样子，谢天谢地。"

蒂尼的眉头又皱了起来："那么你想找我做什么？"

"我不知道！"我喊道，"治好她！那是你的工作——治病救人！"

我的世界　怪物小队3　苦力怕之战

只见她双手叉腰，鼻孔朝天，说道："对，那是我的本职工作。那你的工作就是尊重长辈。你和加伯长老商量过了吗？"

"我先来的您这儿。"

关于这一点，蒂尼有点儿沾沾自喜——她正在竞选镇上的下一任长老，当某位年长的人最终去世的时候，她就有机会了。作为镇上的治疗师，我想她对关乎生死的事情有特别的洞察力，但这对我来说有点儿恐怖——积极地等待有人一命呜呼。

"那么我们先去找加伯长老，然后我们再一块儿过去。你能先来找我，这很好。"

"我们得快点儿！"

她一只手拍了拍我说："急事很少关乎时间，孩子。"

我瞪着她说："怎么不是！所以才叫'急事'，而不是——不是——茶话会！"

蒂尼哼了一声说道："药水要么能治好人，要么不能。五分钟不会改变任何事。"

看着她不紧不慢地合上账本，锁好药水柜，慢悠悠地走到门口，我急得直跺脚，真希望楚格在这儿，扛起她就能往外跑。她示意我出去，然后小心翼翼地锁门。我大步朝加伯长老的店铺跑去，但蒂尼却还是走得端庄稳重，仿佛她是要所有人都见到她履行职责的模样。

我几乎是在她身边原地小跑着去找镇上年纪最大、脾气最暴躁的药水专家，这时我不禁发问："蒂尼，为何您至今还没有一个学徒？"

她皱着眉头瞥了我一眼："噢，等我再老一点儿会有的。我会招一个女孩把我的秘密都传给她。我觉得莉薇就不错。"

"但如果您现在就教她，她就可以帮您看店了。如果您外出见楠的时候又遇到其他急事怎么办？"

她又拍了拍我说："我自己能搞定。你知道镇上的习惯，我们都是在成为长老，或者精力开始衰退的时候才会招收学徒，而不是在我们还有能力工作的时候。"

这下该轮到我皱眉头了，因为我听懂了她的言外之意。若是她培训了其他人，向他们共享了合成技术的秘密，她的生意可能就会受影响。这也是在托克学会合成技术之前工具价格会如此昂贵的原因——老斯图是镇上唯一知道如何操作工作台的人，他竭力地守护着这个信息，甚至没人能知道如何操作它。我们的长老从不传授技艺，除非他们已经别无选择，这也是镇上会有那么多颓废青年的原因。或许正因如此，我和朋友们刚开启墙外探险的时候才会遭遇万千阻碍——我们不会什么有用的技能，因为没人教过我们。

即便是以蒂尼"慢如蜜滴"的速度，我们不久也到达了加伯长老的店门口。在进门之前，她拍了拍头发，整理好长袍。加伯长老听见门口的声响，从窗帘后走出来，窗帘以戏剧般的效果遮掩着他的商品。

当他看清来者的时候，瞬间就泄气了。

"噢！年轻的蒂尼。"他说道，即便蒂尼的年纪已经可以

我的世界 怪物小队 3 苦力怕之战

当我祖母了,"什么风把你吹到我的好地方来了?需要更多药水吗?"他挑动着他那两簇花白的眉毛。

这一切,还要归咎于加伯长老不愿教蒂尼如何酿造药水,她必须从加伯这儿购买,然后才能拿去治疗别人。托克学会了如何制作工具和酿造药水,这确实对小镇的经济造成了不小冲击,这也可能是他们同意托克搬出墙外的原因吧——这样就不会对加伯长老的生意造成太大的影响。

"不,加伯长老。"我插话说道,因为我确实没时间听蒂尼解释原因了,"我们遇上大麻烦了——"

"这是谁?你看到了什么?"他吼道,发狂似的四处张望,挥舞着手中的拐杖,仿佛它是一种武器。

我不明白为何他会如此神经质,所以我告诉他:"楠病得很厉害。我不确定她到底怎么了,但她需要帮助。"

他松了口气,同情地点了点头,帽子从他的秃头上滑落。"是的……好吧,小玛尔。这就叫'变老',我们所有人都会经历的。"

我摇着头,辫子都飞了起来:"不,不是这样的。她今早还好好的,然后突然就变得非常非常不好。"

加伯长老和蒂尼交换了讶异的眼神。

"嗯,你知道的。"加伯长老以一种遗憾的神情说道,"这是不可能的。"

"那就去她的小屋瞧一瞧。我能向您保证,这非常有可能。"

"小孩子都有天马行空的想象力。"蒂尼耸耸肩说道。

我盯着她说:"所以您觉得我在想象我的高祖母已经病入膏肓?"

他们又交换了一个眼神,接着,加伯长老沉重地叹了口气说道:"那好吧。无论是什么方式,我都会向你收取出诊费,你懂的。"

"我们都会。"蒂尼连忙补充说道,"时间损失等于收入损失……"

"行!向镇上最老的人收费。我敢肯定,比起去死,她更乐意被收费!"我吼道,"现在走吧!"

我朝着楠的小屋前进,加伯长老和蒂尼跟在我身后。起初,他俩都想放慢步伐,一个赛一个的高傲和有贵族气质。加伯长老的拐杖戳在鹅卵石上咔咔作响。但后来我们走出镇中心之后,他们就跟上了我的步伐,可能意识到他们要是能越快回到店里,就能越快销售自己的商品。我冲进楠的屋子,发现变化并不大。楠正躺在床上睡着,浅浅地呼吸着。蕾娜坐在她旁边的椅子上,身边放着一摞书,腿上摆着一本蓝色的大书。

"哦,加伯。"楠懊恼地眨着眼睛说道,"你最好别再烦我的奶牛,你个老无赖。别糟蹋了牛奶。"

加伯长老清了清嗓子,说:"您好,楠。感觉如何?"

蒂尼把手肘撑在前面,说:"感觉怎么样,楠?"

楠坐起身来,皱着眉头。"我感觉就像一块被丢进雨中的牛排,虚弱又疼痛。"她叹了口气,有点儿泄气,"我想说我变老了,但我却无病地变老二十年了。"

蒂尼和加伯长老轮流检查楠,从她的眼球到耳朵和鼻子,直到她的双脚。他们喃喃自语,互相嘀咕着,但没人能真正看出症结所在。蕾娜恼怒地翻动着书页,自言自语,每一本书没翻两下就被她扔到地上。

最终,蒂尼叹了口气,拍掉长袍上的灰尘说道:"这不是已知的病症。看来,只是单纯的身体变老了。"

"胡说八道!"楠咆哮道,她火冒三丈,"我还能再活三十年!至少三十年!"

"我们无能为力。"加伯长老赞同蒂尼的话,垂头丧气地说道,"为了确保安全,我们只能让您卧在床上,持续为您提供甜菜根汤。"

"我宁可去死!"楠吼道。

"好吧,但您也只能这么做。我很抱歉,楠。"加伯长老想要握住她的手,但楠却挥手要揍他,几乎是冲着他的鼻子打。

"我还没死!"她大喊道,接下来是一阵干咳,"给我滚出去,你这老笨瓜!"

"我们得商量一下问诊费——"

"账单给我!如果我死了,我一分钱都不会付!"

加伯长老和蒂尼匆忙跑出了小屋,这下楠才安定下来。我紧握住她的手,只见她长叹一口气,泪眼汪汪地看着我。

"他们的药水……"她说道,"是帮不了我的。不管这是什么病,都不是药水能治好的。"

"那么我们可以做什么？"我问道，泪水浸润了眼眶，"也许托克能合成些新的东西。也许——也许我们可以再去一趟下界找些东西。楠，不管付出什么代价，我们都会去的，我们不能失去您。"

楠的目光开始变得迷离。"有一件东西……"她话音刚落，眼睛便扑闪着闭上了。

我轻轻地摇了摇她："楠！楠！什么？那是什么？不管是什么，我们都会帮您取到的。"

她的双眼突然睁开，眼神深远而梦幻，仿佛正看向天边的日落。

"附魔金苹果。"这是她失去意识前的最后一句低语。

4

托克

先交代一下：不，等等。

谁先给我交代一下，什么是附魔金苹果？我怎么才能给楠找一个？

还有，我想首先还是要防着楚格吃掉它吧？

请别误会我——哥哥和我一样对楠爱得深切，但他的自控力确实让人一言难尽。

听见加伯长老和蒂尼说他们对楠的病症无能为力，玛尔便径直穿越聚宝盆镇跑来我们家。我曾见过她被药水毒得半死不活的样子，却从未见过她这般惶恐不安。她向我们讲述刚发生的事，并询问我有没有哪本书中记录的药水能派上用场。楚格、贾罗和我装满了一袋子的书和药水，以最快的速度奔向楠的小屋。好吧，是以拉尔斯和吉米能让我们最快通过的速度。真是多亏了这个愚蠢的进城条例。

我的书里没有能派上用场的资料，所以这会儿我正和蕾娜在翻阅楠的老旧藏书，从小镇创始人那时的书籍翻起，一页页地查阅任何有关附魔金苹果的信息。想到这些都是楠从不外借的特别藏书，其中还记载着许多我们闻所未闻的事物，真是很难让人不分心。我和蕾娜从书架上取下书，翻页查看后，胡乱地扔到地上。同时，楚格在屋里来回踱步，玛尔紧握着楠满是褶皱的老手。

"楠，求求您了。"她喃喃自语道，"求求您醒醒。您得告诉我们如何才能得到那个苹果呀。"

"任何苹果都行。"楚格边走边揉着肚子说道，"午快饭时间都过去这么久了。"

"你们要知道，"一直坐在角落里的贾罗在处理一朵花，这会儿开口了，"他们说药水并不能治好楠，而托克的书也帮不上忙。但也许药水的功效就已经足够让楠开口说话了呢？我敢肯定，加伯长老和蒂尼并不想使用任何药水，因为他们害怕失败——或者担心弄巧成拙，从而要承担更多的责任。如果人们听说自己镇上的治疗师治疗了楠却没能救她一命，肯定都会开始质疑他们的。"

我抬起头。这是个好点子。"有道理。他们只是不愿承担风险和害怕失败。但我不怕。我会尽可能地酿造楠需要的药水，"我看向玛尔说道，"如果你想要我这么做的话。"

玛尔的脸已然通红，满是泪痕。"我觉得事情不会变得更

我的世界 怪物小队3 苦力怕之战

糟了。"

"我觉得会。"楚格插话说道,"如果真有哪瓶药水把她变成了一只炽足兽呢?那么她就会没有手臂穿现在的衣服了。或者——变成一只史莱姆?不过这么一来,我们就可以把她切分成更多的'小楠'……"

"也许可以试试治疗类的药水吧。"玛尔说道,"但是,千万别把我的高祖母变成一只史莱姆。"

我把口袋里的药水拿出来整齐放好,蕾娜把楠之前收在橱柜秘密隔间里的药水也都拿了出来。我对每瓶药水的用途都了如指掌,因为都是我酿造的。但楚格只是随手抓来一些对我们毫无用处的东西。我先给楠试了试治疗药水,将鲜红色的液体滴进她的嘴里。只见她吐出舌头抿了一口,便眨动着睁开了眼睛。

"楠!"玛尔哭喊道。

楠摇了摇头,把脸侧向一边说道:"别叫了。我是老了,不是聋了。"

"您感觉好些了吗?"蕾娜问道。

楠长叹一口气,耷拉着肩膀,像是要变成一摊液体似的。"没有。我觉得自己好不了了,感觉就像你们把我从美梦中拽了出来。现在,让我这老太太睡一会儿吧。"她闭上了双眼,我又往她嘴里倒了一点儿药水。她吞下之后用怀疑的眼神瞪着我说:"你在搞什么鬼?"

"我们只是想知道如何才能找到附魔金苹果。"我说道。

"或者在楠接下来的日子里,我们可以隔一会儿就喂她一口治疗药水?"楚格充满希望地说道。

楠鼻头一紧说道:"那这就像下半辈子每两分钟就有人把你从睡梦中叫醒一样,我才不要。现在,都给我听好了,我只说一遍。"

我们都围站在她床前,她轻微地撑起身子,目光犀利地盯着我们每一个人。"谁都不许哭,听见没?"

"不能保证。"玛尔擤着鼻子说道。

"正如大家所知,我们的小镇曾有八名创始人。"楠讲起了故事。

"也就是你们的先祖。当他们创建聚宝盆镇的时候,我还只是个小姑娘,甚至比你们现在都还要小。孩子们,但其中有一个鲜为人知的秘密……"

我们俯身挨近。

"最初,小镇其实有十名创始人。"

我们所有人面面相觑。

"我们怎么从来没听说过呢?"玛尔问道。

"因为历史由留下的人书写。"楠说道,"埃弗拉姆和克莉奥未被写入史册。当初,创始人游历至此,偌大的海洋阻拦了他们的去路。在穿越大海的途中,克莉奥不幸溺亡,埃弗拉姆悲恸欲绝,由此放弃了继续前行建立伟大城市的目标。他只想留在海边,留在与妻子阴阳永别的地方。他告诉我们,他打算把家建在海洋中央,那里将再也不会受到任何人的打扰。他尤为懊恼，因为所有的同行人中，唯有他失去了至爱。他说，见到眼前的其他人都在欢乐地生活着，他却饱受折磨，这种感觉痛苦万分。大家曾试图说服埃弗拉姆继续一同前行，或者至少回到原来的城市，开始新的生活。然而，埃弗拉姆没有接受这些提议。他纵身跃入海洋，从此不见了踪影。"

我们困惑地彼此对视。

"好故事，楠。"楚格以"楚格式"的口吻说道，"现在跟我们说说附魔金苹果的故事吧。"

楠咳嗽着愤愤地说道："这就是附魔金苹果的故事。现在的小孩儿对戏剧化的故事太没有耐心了。"她稍后平静了下来，就像一只坐到鸡蛋上的小鸡，"关于埃弗拉姆，他喜欢到奇怪的地方寻宝。有一次，他寻到了一颗泛着魔法紫光的金苹果。他告诉我们，他无论如何都不会使用它的，仅仅作为收藏，以免将来厄运降临到克莉奥身上。然而，当悲剧发生之时，克莉奥被拉扯进水里，因为根本无法对她使用收藏起来的附魔金苹果，也就无法挽救她的生命。大人们都认为是这般讽刺的命运伤透了埃弗拉姆的心。"

"这些老人真不容易。"楚格悄悄地对我和贾罗说。

"所以，您是说附魔金苹果或许还在这个叫埃弗拉姆的人手中？"蕾娜像往常一样直奔主题。

楠点点头，一副洞察一切的样子。"那是我人生中唯一一次看到附魔金苹果。无论是那之前还是之后，再也没有听闻过相关的消息,更无法告诉你们如何寻找。埃弗拉姆从未告诉过我们如何才能获取它。他说那是一段骇人的经历,他的眼睛里都透露着一种恍惚的神情。但我有幸见到过实物,那时他正拿出来向克莉奥展示,那是我这辈子见到过的最美丽的东西。"

"好吧。那么我们如何才能找到埃弗拉姆呢?"玛尔问道,"去海洋里吗?"

楠点点头说:"如果他还活着,就在那儿。我也不排除他还活着的可能,毕竟他收藏着各种玄妙莫测的魔法玩意儿。如果我还能动弹,那么他应该也会是个生龙活虎的、疯癫的老顽童。找到大海就能找到他,他就住在水中央的房子里。"

"那么,我们就到村子里,找制图师要地图,找到大海,然后——"

玛尔拖长了尾音,楚格接上了她的话。

"然后找到一位住在海洋中与世隔绝的小屋里的、成天悼念逝去的至爱的疯癫老头儿。向他讨要他生命中最为珍贵的宝物,这个宝物还未能避免惨痛悲剧的发生。我相信他见到我们一定会很高兴的。"

楠朝楚格眨了眨眼,说:"听上去是个不错的计划。"

"我们将会需要几匹马。"玛尔看向贾罗。

"我立刻就能备好马匹。"贾罗点着头说道。对于能成为我们的一员,贾罗始终很开心,也愿意为了玛尔付出良多。

"我们已经有了一堆药水,但还需要盔甲和武器。"玛尔继续说道。

"是的，显然很需要。"楚格鼓起胸膛说道。

"我还可以带上工作台和酿造台。我有一整套随行工作坊。"我说道。

玛尔笑道："带上路途中你可能需要的所有原材料。"

"还有，我们需要很多曲奇，特别特别多。"楚格看向蕾娜。

蕾娜点点头："今早刚出炉一批新鲜的。"玛尔揉了揉眼睛，直起身板，看上去不再像一位迷失方向的小姑娘，而更像是一名勇敢的队长，"那么，动身吧！男孩子们先去新聚宝盆镇准备好马匹和物资。我和蕾娜收集好食物后到那儿与你们会合。"

楚格和贾罗随即冲到了门口，楚格还回头对我挑了挑眉毛。

"我需要重新打包这些药水。"我解释道，"你要确保收好我的工作台、酿造台和熔炉，记住了吗？"

"没问题。"他同意道。

我又看向了朝我眨眼的贾罗。楚格会忘记我的话，但贾罗不会。说来有趣，以前这两人是死对头，现在却成了互补型好友。他俩跑开了，我则专注于将楠的秘密橱柜里的药水和原料收纳进口袋。我手指头发痒，想要顺走楠的几本书，但我也清楚路途上存在被抢劫的可能性。这事以前就发生过，那时我们正寻找办法防止克罗格和他的灾厄村民摧毁聚宝盆镇，我们几乎失去了一切。克罗格这会儿正蹲在镇上的大牢里，抢劫我们的强盗团伙被困在了没有传送门的下界。然而，这个世界上总少不了其他坏人……虽然可能没有老斯图预估得那么多。

蕾娜的口袋里装满了曲奇和箭矢，玛尔的则装了更多乏味的食物，随后我们便朝着城墙和新聚宝盆镇出发。我们事先并未讨论路线，却都不约而同地选择了一条迂回的道路绕过镇中心。我们曾离开过小镇两次，都是背着镇长老们行动的，他们对于未经允许外出游荡的小孩儿十分严厉。第一次离开为的是拯救小镇，而我的朋友们第二次离开则是为了解救被绑架的我。现在，为了救楠，我们甘愿冒任何风险，但我们的父母和其他大人并不会同意我们的想法。

抵达大门时，拉尔斯和吉米挡住了我们的去路。

"你知道我们的名字，我们现在有急事，快让我们过去！"玛尔开口说道。

然而，他们却没有挪步。他俩伸开腿，看起来就像……好吧，就像蕾娜的老大哥和牧羊人那般有威慑力，还拿着不知如何使用的武器。

"不好意思，孩子们。但你们每天只能通过城门两次。进去一次，出去一次。如上所述。"拉尔斯讥讽地说道。

"谁说的？"蕾娜质问道。

"长老们！你以为是我们自己创造了规则吗？"

蕾娜耸耸肩说："有可能！你以前还告诉我女孩儿不能拿镐！"

"因为你会把镐弄掉，然后砸在我脚上！"

我的世界 怪物小队3 苦力怕之战

"不,是你会把镐弄掉砸在我脚上!"

吉米伸出手臂挡在了争吵的兄妹俩之间。"我们执行着镇长老制定的规则,以保证聚宝盆镇居民的出行安全。"他说道,"现在,这是新出台的规则,几分钟前刚刚颁布。所以,这看上去像是你们这些小孩儿又在谋划什么鬼。明天再来吧,到时候向我报上你们的名字,我们会很乐意让你们出去的。事实上,托克可以出去。他只是进了次城,所以还能出去一次。"他亲切地鞠了一躬,似乎在为我让路,然而我并没有挪步。

"走吧。"我对女孩儿们说,"我们去城里找长老们理论。"

我们掉头的时候,我看向了拉尔斯和吉米。他们的表情并无变化,我由此确信该条新规是真实存在的,并非他们为了惹恼这些曾被称作"害群之马"的孩子而捏造的。我领着女孩儿们回到马路,转向玛尔家的农场。

"你在干什么?"她说道,"我们得出去!"

我继续走着,她们跟在我后面。"我们正在出去。只不过不是那条路。"

当墙壁进入视野时,蕾娜偷笑着说:"哦,我明白了。聪明。玛尔,你带上镐了吗?"

玛尔也爆笑:"是啊,好主意。他们怎么总是忘记这个部分呢?"

"因为长老们想让所有人都觉得城墙不能触碰,更不能挖采,甚至想起这事都会觉得相当愚蠢。"我说道。

我们从没这样做过,但我们也不能任由两个傲慢的门卫和新的规则阻止我们实施救助楠的计划。若是时间充裕,我们可以走回楠的小屋,从她的秘密窗口跳出去。那个窗户其实就是城墙的一部分,楠第一次给我们展示这个窗户和窗外的主世界时,一切都改变了。长老们恐怕并不知道那个窗户的存在,但同样地,我们也并没有时间折返了。

我们有更加简单的方式穿过城墙。

蕾娜和我把着风,玛尔则从口袋里掏出镐头,走近墙体。墙体的每一个方块几乎都相同,每隔七块设置一支火把。她随机挑选了一个地方,挖出两个方块,留下一处一人高的洞口,我们便溜了过去。随后,她将挖出的方块还原。不可能有人看得出来我们挖过这里的墙体,然而我们现在却站到了城外。实际上,这个行为略显滑稽——有多少人这一辈子都生活在聚宝盆镇而从未想过外面的世界究竟有何物,也从未想过这堵高墙仅仅只是石块罢了,而石块无法阻挡任何下定决心的人。

建立城墙的目的本是防御敌对生物和掠夺者,但随着时间的推移,城墙却变成阻隔居民接触外部世界的方式,只因为城墙内的世界很安全。从小到大,我们从未想过去城墙外的世界。直到我们学到了更多知识,了解到还有很多未知的事物。他们曾为我们敞开了城墙,给予我们自由的承诺,但他们愈加严格地制定新规让人感觉像是重蹈覆辙,倒退回我们认知主世界前的时光。

一把镐头,两个方块,便是获取自由的全部条件。

我的世界 怪物小队3 苦力怕之战

我们绕过城墙跑到了新聚宝盆镇。贾罗的五匹马一字排开，楚格身穿混着宝石和下界合金的盔甲。我的猫——康多和克拉里蒂——正坐在我的马鞍上。

"你们来的方向不对。"楚格说道。

"拉尔斯和吉米不让我们走出大门。"我解释道，"他们说颁布了新规——每人每天只能进一次出一次，或者出一次进一次。"

"愚蠢透顶！"楚格说道，拳头都攥紧了。

玛尔笑着，手上还攥着镐。"确实愚蠢，但要是你不知道如何在墙上挖洞就更愚蠢了。当然，这都是托克的主意。"

"准确的用词应该是'埂愚蠢'。"楚格露出标志性的笑容，"它至少适用于拉尔斯和吉米。当然，也只有托克才能想出这个主意，我弟弟就是个天才。咱们准备好出发了吗？"

我们骑上马，沿着通往最近村庄的小路前进着，自豪之情不禁在脸颊上显现出来。那座村庄是距离聚宝盆镇最近的村落，创始人很早以前在那儿建造了一座灯塔。

"嘿！你们这群小孩子！你们怎么到外面的？"有人从背后叫道，"给我回来！"

是拉尔斯，只见他挥舞着剑朝我们跑来。

"是时候跑了！"玛尔说道。话音刚落，她踢了踢身下的马，我们也全都跟着她一块儿飞驰。

城门无法阻拦我们，门卫也一样。

我们现在已回归主世界，外面的规则由我们创造。

5

楚格

先交代一下：我叫楚格，我已经忘记全副武装地骑马会如此艰难了。我会尽所有的努力去拯救玛尔的楠——不只是因为她做的曲奇天下第一。我是说，蕾娜现在做的曲奇也很好吃。

主要是因为——楠风趣幽默，还争强好胜。她还是我遇到的第一位不完全是"泥腿子"的大人。我绝对不愿想象一个没有她的世界。

我们飞快地驶离城墙——还有蕾娜第二讨厌的兄长的抗议声。很庆幸我们骑着马，要不然，我可不知道为了出走该如何跟拉尔斯干一架。那可怜的家伙完全没有胜算。幸运的是，即便是跑得最慢的马，也比不常穿盔甲奔跑的气到变形的门卫速度快。

我的世界　怪物小队3　苦力怕之战

但这并不是说我更喜欢骑马。反之，我更乐意骑上我的宠物猪——小家伙。但是它跑得就更慢了，我也不喜欢让它身陷险境，何况它很快就要当爸爸了。我不忍心拆散它和"猪小姐"，也不想逼它离开温馨的育婴猪圈。所以，现在就是这样——我骑着高贵的战马，嗒嗒嗒地跑在路上。这一次，我骑的是梅文。大家都说我不擅长取名字，但我认为，我取的名字至少都很有道理。那在他们看来，到底什么东西才会叫"梅文"啊？

不久后，我们便远离了聚宝盆镇和拉尔斯那徒劳的嘶嚎。说来奇怪，当听到人们大喊"停下！快给我回来！"的时候，我内心清楚地知道，如果"停下、回去"，我肯定会遭殃。他们还不如大喊："走！快走！离我越远越好！"我和托克很早就懂得了这个道理，如果我和他躲到仓库里待半天，大多数事情就会不了了之。但直觉告诉我，这一次长老们对他们的门卫、规则和书籍所采取的新手段并不会不了了之。像他们这样制定规则的人，不会轻易地将其撤销。

再次回到主世界的感觉很愉悦。当然，新聚宝盆镇位于城墙之外，但也是一座静谧的小镇，与墙内的小镇如出一辙。但是在这儿，没有任何围墙，凡事皆有可能发生。我就是这么与小家伙相遇的，蕾娜也遇到了她的宠物狼——波比，它似乎也很高兴能回到主世界，能在草丛中奔跑，追赶兔子，嗅嗅花香，又欢快地跳回蕾娜身旁，蕾娜微笑着。玛尔的心情似乎也放松了许多，我们在家的时候，她仿佛随时都穿着隐形的盔甲，被沉沉地压着。蕾娜现在完全搬离了父母的房子和家里的矿场。平日里,我和托克也只是周日晚餐时间才会去父母的南瓜农场一趟。但玛尔还是住在家里的奶牛场,想要扮演一个"完美女儿"的角色。她虽然从不这么说,但我能感受到她的纠结。去了趟下界,打败了恶魂的人,哪会轻易接受"晚归五分钟"的责备?

贾罗似乎也很开心来到主世界。自从贾罗被绑架以后,他老妈几乎和他断绝了关系,他也丧失了自己所有的甜浆果。好在我们当时跟着浆果追踪他们去向的时候设法保留了一些,贾罗就用这些浆果重新栽种。他当然也知道,他老妈半夜会溜进来偷一些浆果回去重操旧业。他并没有阻止,不过这倒是让他挺难受的。所以,每当他一觉醒来发现灌木上的浆果少了几颗时,我总会告诉他,一定是野鸟偷吃的,还是奇丑无比的野鸟。听到这些话,他总会哈哈大笑。之后,我就会给他炖他最爱的蘑菇煲,讲一些好笑的囧事逗他开心,让他的状态似乎还行。

是的……我想,我们大伙儿都很开心能再次踏上旅途。但可能除了托克——他是我们之中最不享受旅途的。玛尔、蕾娜和我去往下界寻找药水原料的时候,托克和贾罗则留在家里看守传送门,但我知道他在担心着我们。鉴于他曾有过被一帮歹徒绑架到下界,被困在地下堡垒里不眠不休地为他们酿造药水的经历,我能理解他为何不愿故地重游。托克也许并不喜欢冒险,但他深爱着楠,所以我知道,即便他不擅长使刀剑,也会尽最大努力到这儿寻找解救楠的办法。我曾试过教他使用武器,但他学不太明白,而我就像是在给自己人栽培"敌人"。但考虑到我制作的工作台既歪扭又晃悠,还是得庆幸我们彼此都有一门独家专长。

我们第一次骑马到村庄的时候,面对要做的事一头雾水。真是这样,我们搞砸了一堆事情。我们不得不自己开辟小路,但现在有了一条穿越平原的棕色小道。贾罗常将这些马租借给想要去往村庄进行贸易的镇民,所以马儿们对这条道路并不陌生。也好,我真的不必有太多顾虑,但说实话,这展现不出我的优秀品质。假如有一天出现了某种必须摧毁的事物,那我一定冲锋在前。在那之前,我可以整天做白日梦。

好吧……好吧。白日梦也就持续了一个小时,我的肚子咕咕作响了。身上的盔甲宛如一台扬声器,蕾娜笑着来到我身边,递给我一块曲奇。每个人都得到了一块,但我两口就吃完了。我已经开始思考晚餐吃什么了,就因为我是队里最好的厨师,这出乎所有人的意料。蕾娜估计也在思考同样的事,因为她掏出了弓箭,准备猎杀几只兔子和绵羊了。

"我们需要抓紧扎营吗?"托克问道,紧张地看着太阳的方向,眼看着太阳就快落山了。

"我不确定。"玛尔转头看着我们,"最近我挖得相当快,我们可以再走远一点儿。"

她很担心楠,正如上次我们顺着小道走的时候,我很担心托克一样。我们走得越快,越能尽早到达目的地,也就能更快回家。

"实际上,这附近应该有一处永久庇护所。"贾罗说道,"上次因卡租了匹马要把她的西瓜运送到村庄里去，我从她那儿听说的。她说庇护所就在路上。"他低头看着横穿细高杂草的狭窄棕色土路，"我猜正是现在这条。我的意思是，她说的就是这条路。"

"要是想在夜幕降临前赶到那儿，我们需要加快步伐了。因为我们出发较晚。"玛尔踢了踢马，我跟着低声牢骚了一句，大家的马一块儿进入了小跑状态。我讨厌这个环节，因为每次开始奔跑前，马儿准会蹦跶一下。

有一阵，我满脑子只想着抓住梅文的缰绳，而我的声音像是装满石头的牛奶桶从小山上滚落下来一样。贾罗说，策马飞驰是世界上最爽的感觉，我无法苟同。前两次的探险中，我们还坐过地下铁道的矿车，但这次我们的目的地不是林地府邸，而是一处称作"海洋"的地方，管它叫啥呢！跟水有关的地方？每当他们谈论一些我无法理解或者无法食用的事物时，我都不太注意。这是一种节约时间的妙策。

夜晚将至，地平线上有一个物体进入我们的视野。靠近它时，我们的马放慢了脚步，就连蕾娜也拿出了弓箭，以防万一。正如我们所期望的，这是一座坚固的木制结构简易庇护所。房门不如托克制作的那般美观，但比玛尔通常挖出的阴暗、粗糙的洞穴要好得多。这里甚至还有一片围好的马场，足够容纳我们的五匹马。这棒极了，但也……好吧……也许有点儿无聊？外出探险的一大乐趣便是不知何时何地停下过夜，现在我们却能知道，我们无论何时去往村庄，都能在此

我的世界 怪物小队3 苦力怕之战

处停留,这个地点一直都不会改变。

屋内虽然有四张靠墙的床铺,但我们也都随身携带着床,这归功于楠传授我们的"神秘大口袋"魔法。我到屋外生火,着手准备今天的晚餐。同时,蕾娜和波比迅速地扫视周围的区域,寻找是否有肉类或其他我们稍后能够食用的食物。托克在整理他那些药水和原料,贾罗在和马儿们交谈,玛尔则站在庇护所的大门口,双手叉腰,眉头紧皱。

"你还好吗?"我问她,"你看起来像在对着空气生气。"

她叹口气,走过来坐到我身边的火堆旁,说道:"我在担心楠,还有聚宝盆镇。墙上没有开门的时候镇上就一塌糊涂,但现在长老们在制定那些古怪的规则。这一切发生之后……"说着,她指着我们周边的荒野,"我发现很难再遵守别人制定的规则了。"

"那么搬来新聚宝盆镇吧,和我们在一起。"我说道,"也许,你可以经营自己的小奶牛场,或者开一个新的矿场,也可以两者兼具。如果你搬到墙外住,他们就不会逼你待在里面了。"

"但这样一来,我怎么看望家人还有楠呢?啊!"她朝草丛里扔了块石头,惊动了一只野兔,"我希望自己能成为长老,帮着制定规则。他们需要一个年轻人的视角,我们才是小镇的未来。"

我偷笑着,说:"是的,这正是老人们所需要的:年轻人的思想。"

说到这儿,她也大笑起来:"他们怎么都不能像楠一样?"

我思考片刻,话便到了嘴边:"因为她曾见识过墙外的世界。她年轻的时候,也曾过着探险的生活。然而,镇上的长老们不是这样的。我觉得,即使是城门大开,也没有哪位长老踏出过城墙一步。"

我们相伴而坐,等待夕阳落下,内心都感受到一丝紧张,直到蕾娜带回了一片羊肉和一根小得可怜的胡萝卜。

"只有这些了。"她耸着肩说道,"我想是因为其他旅行者也会在这儿打猎。"

我的炖煲做好了,所以我们都进入了庇护所,在床铺前享用晚餐。我坐到了托克身边的床铺上,因为我待会儿会把我的床布置在房屋的正中间。如果发生了什么事,我会是最强的战士和最能扛打的人,但这并不是说我们期望出现麻烦。房门很牢固,并且地痞和强盗已经被我们困在下界,我们的死对头克罗格还被关在镇上的监狱,所以这儿也不会出现什么真正的危险。至于僵尸,毕竟它们无法拧动门把手。

这一夜安然度过,我们醒来吃了早餐,顺利地踏上清晨的旅途。能与朋友们这样旅行是一件乐事,大家各司其职,相处融洽。途中,我们还路过了上次挖凿的老旧庇护所,也就是在地面上挖出的一个小洞,四周长满了杂草,粗糙的房门嵌入泥土之中,看着这一幕让我心生些许奇怪之感。这个地方曾经救了我们一命,但现在却仅仅是……被遗弃?人们要是知道附近有一处更庞大、更精致、更崭新的庇护所,没

我的世界　怪物小队3　苦力怕之战

人会到此处避险，但眼前这个破败的小洞，确实也曾挽救过我们的生命。马儿们很乖，快接近创始人在最近的村庄设立的灯塔时，我们才加快了骑马的速度。

我们清楚地知道目的地，我也注意到一帮新的铁傀儡正和"脏家伙""大哐当先生"一块儿巡逻。多亏了玛尔新挖的矿洞，她身上有大量的绿宝石，可以不费吹灰之力买到我们需要的地图。蕾娜用她收集的小麦换了一些我们钟爱的馅儿饼。有意思的是，贾罗见到了他人生中的第一位"傻瓜"村民。没有什么特别有趣的事情发生，我高兴地回到马鞍上，回到——

好吧……不是回到路上。

我们要去的地方，没有"路"。

因为我们的目的地是一片海洋。根据地图所示，那是一块巨大的蓝色区域。我想，蓝色意味着"水"，希望那不是"冰"。我熟悉地图上看着像丝带一样的河流，但我确实不知该如何面对这么一大片水，根本无法利用原木渡过去。玛尔在地图上确定了方位，带领我们朝平原跑去。

"嘿，楚格。"

蕾娜总跑在队伍最后，因为她手持弓箭，能从后方护我们周全，这距离比我使剑要更合理。我停住马，等着她追上，让贾罗挥着手从我身旁跑过。

"怎么了，蕾娜？"

她环顾四周，眉头紧皱着说道："你不觉得有什么……奇怪的事吗？"

我也环顾了四周，但并未发现异常。"我是说，我们来到了一处新的地区，第一次朝着海洋进发，希望到那儿能找到一位比楠年纪更大的疯癫老头儿，然后说服他把附魔金苹果送给我们，除此之外，我没发现什么奇怪的事情。"

蕾娜低头看向波比，小狼浑身毛发竖立，两耳紧张地抽动着。

"你觉得会出现另外一头猪吗？"我问道。我相信蕾娜和波比，所以我确信周围有什么奇怪的事情发生。但上一次蕾娜表现得如此紧张，还是小家伙在背后跟踪我们的时候。

"不是的。我不知道那是什么，也不知道我为何会知道，但是……"蕾娜看向我们身后，看向摇曳的草丛，灰扑扑的树和灌木，"我相当肯定，我们被跟踪了……而且不是一头猪。一定不是什么好东西。"她与我对视了一秒，却又连忙看向别处，耸起双肩靠近她的耳朵，"我有一种不好的预感。"

6

贾罗

先交代一下：我叫贾罗，想念我的小猫"喵喵"。我很兴奋——虽然有点儿害怕，好吧，也许十分害怕——能成为这次探险小队的一员。我上一次来到主世界还是因为被歹徒绑架，他们还偷走了老妈的全部甜浆果。但是这一次，我被接纳为小队的一分子。没人问过我的意愿，大家仅是默认了我会参与，并且询问是否能使用我的马匹。这样的感觉很不错，有一种归属感。

但我也相当确定，他们没人知道我内心的忧虑。

我一开始决定开设马场的时候，并不知道人们是否有离开小镇的意愿，但生意却蒸蒸日上。我成了聚宝盆镇唯一供应马匹、羊驼和蘑菇的人。这般坐拥自己的资源，还收获了其他镇民尊重的感觉，确实不错。回想上次的探险旅程，我还……好吧……算个浑球儿，绝对没人尊重。现在，就算我身上总是散发着一股马味儿，衣服上还常常沾着羊驼的唾沫，但也称得上是一名创业家了。

谢天谢地，我的马儿们都乖乖地在玛尔地图的指引下，带着怪物小队进入了一片情况全然未知的主世界区域。眼前出现了新的生物群系，几乎如同河边的山地，但少了许多三角形，更多的是……悬崖峭壁。陡峭的岩壁上顶着不同寻常的白色物体，可以看见奇异的动物在岩石间跳跃。马儿们不得不更加努力地驮着我们朝上走。

"这正常吗……"我问道，"这些白色的山？"

玛尔耸耸肩，说："那些对我们而言不寻常的事物，在主世界都是正常的。"

"那些不过就是山罢了。"蕾娜回答道。

"但这些山是白色的，山上的羊驼不仅脖子短，还都长着牛角。"楚格一脸迷惑地说道，"山应该是灰色的，羊驼也不需要牛角，它们本身就很危险了。"

"那些白色的东西叫'雪'，楚格。"

"那为什么长角的羊驼也是白色的？是为了融入雪中吗？"

蕾娜气恼地呼出一口气，她一整天都在爆发的边缘。"雪就如同被冰冻的雨水，十分冰冷。这些动物也不是羊驼——是山羊。楠的生物书上说，它就像是羊驼，或者奶牛，或者野

我的世界 怪物小队3 苦力怕之战

兔生的厚皮毛的幼崽。还有,你说得没错,它们身上的颜色有可能会帮助它们融入雪地的环境。"

她坐在马鞍上,把书放到了身前。我很高兴她的口袋里总是带着一个"图书馆",因为这次旅行似乎会遇到很多全新的事物。我喜欢接触这些新东西,但是……好吧,我之前也因为不了解自己遇到的事物而受过伤。

楚格看着蹦来跳去的山羊说道:"我们能骑它们吗?或者说,它们和羊驼一样,只能驮箱子,无法让人骑?又或者,它们像牛和兔子那样,能做成美味佳肴?"

"它们会伤害我们吗?"我问道。这是个极其重要的问题。

"我觉得不会。"蕾娜翻过书上的一页说道,"书上说它们没有敌意。"

楚格停住马,跳了下来,从口袋里掏出一些小麦朝着一只山羊走去,嘴里念叨着:"来吧!山羊羊!山羊羊!抱一抱?我有好吃的小麦给你。大家都爱吃小麦。我还有胡萝卜和曲奇,但你不能吃。"

那只山羊这会儿看见了楚格,停下脚步紧紧地盯着他。楚格也站住了,紧紧地盯着山羊。山羊低下脑袋,我以为它要走过来吃小麦,然而,它却以瘆人的速度冲向楚格。只见山羊低下脑袋,双角冲前,楚格满脸惊恐,紧接着他便被撞飞到空中,如同一只小鸟。楚格在空中飞行了不少时间,甚至连蕾娜都有空惊叹:"哇!"

楚格扑倒在地,身上的盔甲摔出哐当的声音。蕾娜已经备好弓箭，几下就将山羊射倒。她还没跳下马，她的狼便冲上前叼走了羊。托克和玛尔连忙下马，跑到楚格身边。

"楚格，你没事吧？"玛尔蹲在他身边问道。

"说话！"托克哀号道，"你还活着吗？"

"噢……"楚格低声喊道。他坐起身，摘掉头盔，揉了揉自己的脑袋。"看来我找到了世界上仅有的头和我一样硬的动物。"

蕾娜小跑到他们中间，手头拿着某种奇怪的玩意儿。她递给楚格一块曲奇，手头握着……

"一根山羊角。"她说道，"那应该是最奇怪的掉落物了。我们能拿它来干什么？"

"找来另一根，接在我的头盔上。"楚格咀嚼着曲奇说道，"这样我就能吓跑敌人了。"

玛尔和托克将楚格扶了起来，尽管他还是有点儿踉跄。

"没错，那会把山羊吓个半死。"托克说道，"我们扶你坐回马鞍上走过这段路吧，以免又有哪只山羊跑来顶你的屁股。"

楚格摇着头踉跄地回到马背上。"脑袋被顶已经够倒霉了，"他说道，"虽然我不经常用脑子，但常用屁股呀。"

我坐在马鞍上目睹了这一切，也看管着马儿——也确保没有山羊来撞我。但这不意味着我是个懦夫……好吧，也许我就是。我只是明白，当我们偶遇新动物时，有时会获得可骑乘的马，有时则会差点儿被僵尸疣猪兽杀死；有时我们会发现炽足兽，有时则会被爆炸的苦力怕炸飞。我总是盯紧托克的猫，因为我知道猫能驱赶苦力怕。时至今日，我还会做噩

我的世界 怪物小队 3 苦力怕之战

梦，梦见那绿色的块状怪物闪着光朝我突然袭来。外出到主世界，我无法全然放松，因为我知道怪物们随时随地都可能出现，无论白天或黑夜，也无论雨天或晴日。我差点儿也把喵喵带来了，但是……好吧，我不能让它身处险境。

"我们要接着走吗？"我紧张地问道。

楚格爬上了马鞍，看见了附近的一只山羊，喊叫道："我看见你了，山羊老兄！我不怕你！这回我知道你喜欢玩阴的了！"

我们列队继续前进，可怜的楚格还有点儿耳鸣，不得不再讨来一块曲奇。也可能他就是想再多吃一块。两种情况都有可能。

山地赫然展现在大伙儿眼前，让人顿感一丝阴森与诡谲。眼前的山峰高不可攀，令我不禁思索，见到这些山以前，我认知里最高大的事物便是小镇的城墙了。这些山——庆幸的是我们无须翻越它们，因为玛尔为我们挑选了一条山崖间的蜿蜒小道。山羊在我们头顶上跳来跳去，但幸运的是，它们并没有冲我们来的意思。

"我相当想挖空这些山，"玛尔俏皮一语道，"但我们得继续前进。"

"可能到了该扎营的时候，我们还在山里呢。"蕾娜接话道。

"有可能。"玛尔认同道。但我看得出来，这世上没有什么可以阻挡她拯救高祖母的步伐，哪怕只能多走几步。

这一路上充满了愉快的氛围。我们坐在马鞍上吃东西，啃着羊肉，咬着曲奇和冷冰冰的土豆。经过了一条精致漂亮的小河，阳光下的水波熠熠生辉。还有野兔、飞鸟、鲜花映入眼帘，并没有什么糟糕的事情发生——但这并不能使蕾娜卸下防备，她时刻握着弓箭，总是转身观察身后。我本以为她只是多疑，但波比也未曾放下身上竖立的毛发。他们都感受到了某种我未能发觉的事物，这让我浑身不自在。

玛尔在太阳落山前停了下来，这样我们就有足够的时间赶在天黑和敌对生物出现前搭好庇护所。眼前的山看上去个头小多了，延绵至低处的小山丘，但玛尔让大家在一处不错的崖壁边停住。大伙儿二话不说，在一种愉快和谐的合作氛围中干起了各自的工作。楚格生起篝火，煲上一锅汤，走到河边抓鱼。托克掏出工作台，开始造门。蕾娜将弓箭挂在肩上，在小狼的陪同下一脸严肃地皱着眉走向灌木丛。玛尔则拿出钻石镐，在陡峭的崖壁上开始挖采。

就剩我了。我正要询问自己能做什么的时候，我想起来了——我会管马。我到这儿也有活做，也能贡献一份力，而且没人会告诉我该做什么，他们只会期望我把事情完成。这真是不错的感觉。对此，我早有预料，所以我带上了充足的栅栏板，给五匹马搭建围场。围出一块封闭的区域，把马儿们圈起来，这并不难。当我准备摘下它们的马鞍时，我想到来主世界探险的人总会留一手，确保遇到麻烦的时候能立刻跑掉。我给马儿们多吃了几根胡萝卜，以缓解它们的不适感，但它们似乎并不在意什么不适感。

我的世界　怪物小队 3　苦力怕之战

"哈!"只听有人喊道,我便全身戒备,本能地掏出了我的附魔金斧头。但随即我就意识到这是一声愉快的喊叫。玛尔从她挖的洞里走出来,手头捧着闪烁的钻石块。

"有新胸甲穿啦!"她说着朝楚格扔去。她的叫声也吸引了楚格的注意。

楚格接过钻石块并装进口袋,说道:"托克会喜欢的。"他走近玛尔在山崖上凿开的洞口,双手叉腰,环顾四周,"那么……你这是要建一个超大号庇护所?是吗,兄弟?"

玛尔一时有点儿害羞,脸颊红得跟她的头发一样。"我知道我们急着给楠寻找解药,但是……呃,我有点儿忘乎所以了。你知道吗?家里的矿场有点儿让我提不起兴趣了,很久没挖到矿脉了。但这个地方——是如此与众不同,令人心潮澎湃。这可是钻石啊!"

楚格拍了拍她的肩膀说道:"你知道的,找点乐子没啥不好的。是的,我们的确是在给楠寻找救命解药的路上,但这并不意味着你每时每刻都要忧愁焦虑。你可以享受快乐。继续挖吧。已经有足够的空间容纳我们的床铺了,其他事情也都处理好了。我去给你带条鱼回来,用木棍叉着,你就可以边挖边吃了。"

玛尔充满谢意地朝他一笑:"我从没想过这样。只是……我看见一些新东西的时候就会内心激动,充满了活力,不想停下来。"

"也许本该就是这样的。"托克说道。楚格把钻石块随手扔给了他，像在扔什么不重要的东西。"也许发现新事物的过程本该就是这样的。"

玛尔的脸上仅露出了一丝愧疚，就径直走进庇护所深处。当她拿起镐头的那一刻，她的世界里便仿佛只剩下她一人。她灿烂地笑着，我也由衷地为她开心。我在驯服马儿的时候也会有同样的感受，专注于自己喜欢的事情的时候，整个世界便只剩下我一人。在加入怪物小队的冒险之前，我从未体会过这种感受，甚至从未知晓它的存在。其他伙伴脸上也有过相同的神情——楚格炖煲的时候、托克酿造药水的时候、蕾娜在本子上写写画画的时候。

我却从没在我老妈、艾德或者雷米脸上见过这种神情。

我想知道这是否专属于墙外的世界。

此时此刻，我为镇上未能体会此般感受的人感到遗憾。

我跟着楚格和托克走出庇护所。蕾娜已然不见踪影，大抵是和波比一道儿前往附近的树林打猎了。我环顾四周，并未发现任何值得我做的事——直到看见一只沾满花粉的蜜蜂。想到老妈以前在她的甜浆果丛附近布置过一个蜂箱，我顿时意识到我还能为小队做点什么，便按捺不住激动的心情。

我攥紧了斧头，毕竟我要独自进入树林。蜜蜂嗡嗡地在花丛间飞舞，当它平稳前进的时候，我慢跑着紧随其后。最终，我来到一棵白桦树前，树梢上挂着一个蜂箱，树前落有几滴蜂蜜。完美！我对接下来该做的事了如指掌，暗自庆幸自己掌握这项技能的同时，也已经迫不及待地想要给朋友们

我的世界 怪物小队3 苦力怕之战

带去惊喜了。楚格肯定喜欢。

我在蜂箱下方点燃一堆火,从口袋里找出一块老旧的地毯盖在上面,然后砰的一声,打开玻璃瓶盖子。想来有趣,自己活了很久都不知道楠的口袋魔法,现在却几乎能携带任何我所需要的东西,以备不时之需。烟雾使蜜蜂进入梦乡,我趁机收集了两瓶蜂蜜,抖了抖我的地毯,浇灭了火苗。

我蹦蹦跳跳地走在回庇护所的路上,心情正如我热衷于做一名养马、养羊驼、养蘑菇的农夫一样,也欣喜于做一些与众不同的事情——一些跟粪便和肥料不相关的事情。

当我走过一片灌木丛时,一只手伸过来抓住了我。我想要尖叫,却被什么东西拖到了地上,还捂住了我的嘴巴。我整个人惊恐不安——是那帮强盗吗?他们又回来绑架我了?还是来惩罚我的?

"嘘!"蕾娜的声音传入我的耳朵,"别说话。我得给你看样东西。"

我点头示意,她松开了手。蕾娜的个头儿比我小很多,却很强壮。波比卧在她身旁的草地上,温柔地舔舐着我的手,像是在道歉。蕾娜领着我俯身穿过树丛,尽管我绝对没她的那般潜行能力,但还是努力地不发出任何声响。我想,当年我还是欺负她的大恶霸的时候,她就是这样屡次躲避我的。

她在一棵树后停下了脚步,指向地面。

"马蹄印?"我低声说道。

她点头道:"不是你的马。"

"总会有野马出没的。"

她抬起眉毛,否定了我的想法,说道:"但不在树林里。"

一段沉寂之后,她低声说道:"我觉得我们被跟踪了。"

这一刻的气氛很奇怪。我以前老是嘲笑她胡思乱想,总说些稀奇古怪的话……但后来我知道,尽管她表现得不同寻常,却是一个非常沉着冷静的人。蕾娜是镇上第一个发现恼鬼毒害庄稼的人,怪物小队的成员也是唯一相信她的人。现在我成了小队的一员,也就意味着,我要想成为她的朋友,就必须相信她所说的话,哪怕事情听上去十分牵强。

"那我们该怎么办?"我问道。

"跟着这个脚印。"

我点点头。她踮起脚开始前进,我在她身后尽可能地轻声随行。波比跟在我的身后,耷拉着舌头,毛发耸立。我们沿着树丛的边缘行走,避开主道。

"哦,不!"蕾娜低声道,"跑!"

我看向她所指的方位。只见一个苦力怕的头在另一个树丛后面盯着我俩。她无须重复第二遍。

我撒腿就跑。

7

蕾娜

我期待各种相遇,但并不期待与苦力怕不期而遇。我确定它们会和其他生物一样留下脚印,但确实不觉得它们长了蹄子。不过,现在没时间琢磨关于苦力怕的生物知识。我把贾罗推到我前面,朝着和怪物相反的方向,直奔回营地。

别看贾罗是个大块头,跑起来却健步如飞。我时不时往身后瞥一眼,手头握紧弓箭,小狼紧跟在我身侧。苦力怕并没有跟上我们,这倒是个好消息,不过……很反常。平时它们都会追上人类,可能这只还没发现我们。多亏了这些灌木,苦力怕空洞漆黑的双眸仅仅是锁定了我们的方位而已。但愿如此。可怜的贾罗上次跟苦力怕撞个满怀之后,至今仍心有余悸。他等会儿估计会直接冲进庇护所,一把关上门,抓起一只猫，待到天亮才会出来。

我不能责备他。他和玛尔上次已经到鬼门关走过一遭了。

我们刚冲进营地，楚格便在篝火旁原地起立，立刻抽出他的宝剑。

"是什么？"他喊道，"出什么事了？"

"苦力怕！"贾罗喊道。他确实一头扎进了庇护所，不过并没关门。想到楚格如此关爱同伴，而不是任由我们在这儿被炸飞，我不禁心头一酸。

我站在楚格身旁，箭已在弦上，波比在我身旁咆哮着，但并未见到苦力怕的踪影。几分钟过去了，我的胳膊开始疲惫，想必楚格也是。

"你确定遇到了苦力怕？"他问道。

"我们都看到了。"

楚格摇着头说道："我不是在质疑你！我只是想说——嗯……好吧……这世界上会有很多长得像绿色'蜘猪'的生物向你冲来。如果你看见了苦力怕，那就是苦力怕。我只是很奇怪它竟然没跟着你们。"他振奋地抬起头来，"啊！也许这能解释为啥你会觉得我们被跟踪了。跟踪我们的可能就是那只苦力怕，但是因为我们有猫，所以它无法靠近。"

"也许吧。"我认可楚格的猜测，但并不买账。

我的这种感觉并不单单是被跟踪的感觉——并不是单纯地被某个无知的怪物跟踪。我感觉是被什么监视着，像是有一双眼睛在我脖颈后头缓缓移动。

我的世界 怪物小队3 苦力怕之战

无论是谁在跟踪我们——它都是有意为之,而且不怀好意。

"我们开饭吧。"楚格说着,收拾好了火堆边的佳肴。通常情况下,我们都会在外面吃饭,尤其是在如此晴朗的日子。但我们都知道,只要周围还存在苦力怕,贾罗在天亮前是不会踏出门一步的。

庇护所又大又宽敞,墙壁上挂满了火把,还有两处不同的侧翼供我们摆下床铺,女孩儿们睡一边,男孩儿们睡另一边。托克在两翼之间摆了张桌子,桌上放满了楚格烹饪的食物。我已经垂涎欲滴,波比也在舔舐着它的嘴唇。今天的食物有新鲜的三文鱼、蘑菇煲、烤土豆,还有一块南瓜馅儿饼,那一定是楚格本来留着跟爸妈周日一起吃的,这一桌真称得上是一顿大餐。玛尔也放下镐头加入进来。

"我找到了这个。"贾罗小声地说道,将两瓶蜂蜜放到了桌上。

"什么?"楚格激动地说道,"怎么弄到的?蜂蜜?!"

"是的,我找到了一些蜜蜂。我老妈有个蜂箱,"贾罗解释道,走近了一些,"但她总把活丢给我一个人干。"

"你就像是个'野兽大师'。"楚格点头说道,露出全然钦佩的神情,"马,羊驼,蜜蜂。上一次我试着去偷——我是说借——一些蜂蜜,结果我……"

"被蜇了无数次,还吃了家里无数的南瓜馅儿饼。"托克接过他的话,直摇头地说道,"我还是无法相信,一瓶简单的治疗药水竟被蒂尼高价出售。"

大伙儿在房门坚固、屋内装修漂亮的庇护所里享用了美味的大餐。不知夜幕何时降临,大家睡意却逐渐上头,各自揉着肚子,打着哈欠。我睡得很好——就像我在楠的小屋里的床上睡得一样好,要比我以前挤在姐姐们的房间里睡得好,我在那儿经常会蜷缩在床下,只求她们别来管我。

清晨,楚格率先走出房门,宝剑在手,全副武装。但四周既没有苦力怕的迹象,也没有其他危险怪物的踪影。我们收好床铺和桌子,爬上马鞍。玛尔留恋地望向这个矿坑,昨天才开始挖,现在却要遗弃。当她看向悬崖的时候,我知道她看见了无限的可能性,并愿意终其一生在此处开采矿石,但拯救楠才是当务之急。

玛尔再次查看了地图,领着大家朝海洋的方向继续前进。我们排成一队,我来到了队尾的位置,肩上挂着弓箭。波比和我都在四处张望,还竖起毛发。无论跟踪我们的是何方神圣,它都很擅长隐蔽。但只要我们还有托克肩头上的猫,苦力怕就没胆靠近我们。

早上的时光伴随着花草的芬芳流逝。我射倒了一些路上的牛羊来增加我们的食物储备。我们一边骑马前进,一边吃着食物,直到傍晚的天空变幻出珍珠虹彩般的长春花蓝色时,我们才会停下脚步,在丘地的草坪上挖掘庇护所。山峦已然不见踪影,从地图所示的距离来看,我们明天就能抵达海边。没有激动人心的山崖供玛尔开采,但她还是迅速地在地面挖

我的世界　怪物小队3　苦力怕之战

出了一处庇护所,而且至少欣喜地发现了青金石矿脉。我们没有找到蜂蜜,没有找到甜浆果,也没有找到有趣的食物,但楚格倒是在路上遇到了他人生中的第一头驴,贾罗还建议我们带一对回家配种。

"我会回来找你的,小嘿哈!"楚格许诺道,而这时我在本子上勾勒出了几头嬉闹的小驴。

当太阳西落,浮云紧聚,大家都往庇护所里走去。贾罗在外徘徊的时间比我想象中的要长,但他一定时刻把托克的猫抱在身上。当所有人都进去之后,我站在地面的洞口扫视整个平原,寻找引发我这般焦虑的任何线索。排除了驴,但如果是其他狼或者捕食者,波比也会告诉我的,而且估计还会跳进草地里跟对方扭打一番。

但它现在却只是待在我的脚边,竖着毛发,轻轻地呜呜叫着。我不知道它这是在表达什么意思。

雨水噼噼啪啪地落下,但我的手里紧握着弓箭。家里人说我的想法十分愚蠢,说我看见了不存在的事物。但我的朋友们相信我,楠也让我学会相信自己的直觉。她说,这一切都与我的大脑相连,即便遇到我无法确定的事,我的肚子也会告诉我答案。现在,我的肚子告诉我,我们正被什么危险的东西跟踪着。

我看见远处有什么东西在移动。我眯起眼睛,却无法在雨中看清那家伙,我也不打算在黑夜里独自跑进高大的草丛。波比伸开前腿,龇牙咧嘴地咆哮着。我将手伸进它脖颈上竖起的毛发，想让它知道，我会陪着它，要是它打算跑去独自面对那家伙，我也准备好了随时抓住它的脖子。

"雨会下到明早。"我告诉我的狼，它轻轻地哼了声。

我们下到庇护所里，关紧托克制造的坚固房门。我把床移到门边，将弓箭放在我的枕头下面。波比蜷缩在我身旁，但我俩那晚谁都没有睡好，或许是因为瓢泼大雨拍打着木头，或许是因为轰鸣的雷电震动着我们四周的石块，也或许是因为我们都心知肚明，外面有一个神秘的家伙躲在高大而晃荡的草丛里，尾随着我们前行的步伐。

次日清晨，楚格用承诺要给我们做热乎乎的黄油蜂蜜面包，唤醒了睡眼惺忪的我。我第一个走出门外，厚实的天空布满灰扑扑的云层，周围的草坪也都盖上了一层沉甸甸的水滴。我环视平原，除了几头小灰驴之外，没发现任何移动的物体。我们骑上马，朝着海洋的方向小跑而去。玛尔询问我的状况，我不知该如何回答。

"感觉不对劲，但我说不清楚。"我告诉她。

"也许是因为我们都担心楠吧。"她说道。

但我摇摇头说道："是其他原因。我预感会有坏事发生。"

"我偶尔也会有这种感觉。"楚格活力四射地说道，"但通常都是好玩儿的事。"

"自从碰到了苦力怕，我也总感觉会有什么坏事要发生。"贾罗承认道。

我无法清楚地解释这种感觉，因为我自己都无法理解，

我的世界 怪物小队3 苦力怕之战

但不管怎样,目前的我也无能为力。我们得赶在楠——我甚至不想思考这事——状况恶化之前,拿到附魔金苹果。这也意味着我们只能奋力前进,不能在意"疯子蕾娜"的感受。

阳光终于穿透了云层,草原上的每一滴雨水都闪闪发光。我们登上一座小山丘,顺势望去,一道金黄如炬的光芒射入我们的眼眸,如水晶一般闪烁。

"那是什么?"楚格问道。

"是海洋。"玛尔笑着回复说,"还记得我们站在林地府邸的屋顶,看见地平线的方向有一条闪耀的光带吗?我想,它就在我们眼前。"

我驻足停留,凝望着大海。这是一片辽阔无垠的水域,海水与陆地相接的区域都是沙子,洁白而带着浮沫的海水拍打到沙滩,又回流进我眼前深邃的湛蓝之中。

"海洋!"楚格喊道。话音刚落,他便驾着马朝山脚驶去。思考片刻,玛尔也紧跟其后。托克也紧追在他们后头,因为每当他哥哥做一些危险举动的时候,他总是十分紧张,比如头也不回地奔向一片巨大水域就绝对属于危险举动的一种吧。

"噢,好吧。"贾罗说罢也跟了上去,也许是为了离猫更近。

这会儿只剩下我和波比。我将马头转向我们来时的路,扫视着舞动的草丛,寻找任何可疑的踪影,却无果而终。别无选择,我只好叹了口气,追上我的朋友们。不得不说,从山坡上飞驰而下,奔向全新事物的感觉相当有趣。最终,我也和其他人一样放声尖叫,小队又排成了原来的模样。我们的骏马奔驰着,脖颈与地面平行,马蹄声嗒嗒不断。托克发出了一种与众不同的尖叫,两只猫的爪子拼命地抓着他的肩膀。他没料到会发生这事。

快接近沙滩的时候,我们的马儿放慢了步伐,从小跑变到步行。楚格跃下马背,猛地脱下靴子,光着脚丫子蹚进哗啦啦的海水。

"感觉不错!"他说道,"冷冰冰的——像是在拉扯我?像是要和我一起玩。"

"别跟大海一起玩。"托克揉着受伤的肩膀说道,"你拍它一下,它肯定反击。"

"而且我们还不知道里面有什么,"贾罗紧张地说道,"有各种新的动物。"他看向我接着说道,"还有敌对生物吧?埃弗拉姆的妻子是被什么东西杀死的?"

"溺尸。"我补充说道,因为我一直在研究各种有关海洋的书籍,对我们可能遇到的东西已经有所了解。楠说过,埃弗拉姆住在海洋中央,也是我们必须到达的地方。"相当于水下僵尸。"

"好极了!"

托克揉了揉自己的眼睛说道:"你听到'水下僵尸'的第一反应竟然是'好极了'?这很好吗?"

"我没和它战斗过,"楚格说道,"我总爱用剑攻击新敌人。"

玛尔此刻正盯着海底深处,像是等着看埃弗拉姆在水底

我的世界 怪物小队 3 苦力怕之战

招手。她说道:"我在想,我们不能所有人都下去。"

"我要去!"楚格大声喊道。

"这就意味着我也要去。"托克沉重地叹了口气说道。

"我也想去,这样我就可以记录下水底发现的事物了。"我补充说道。但我又看向了来时的路,因为我们曾经被跟踪的感觉仍未消除。

"那我留下。"贾罗说道,显然充满了放松的语气,"我很愿意留下来照看马儿。如果玛尔和托克能留给我一些昨天开采的矿石,还有一扇门和几根火把,我就可以自己建一座小型庇护所,这样我们就有地方过夜了。我要是待在坚固的庇护所里,就没有怪物能闯入。而且还有这些猫陪着,那只一直跟踪我们的苦力怕也无法接近我。"他看起来的确很放松——甚至有些许兴奋——对这个安排感到兴奋。

这个计划对每个人都行得通,所以玛尔给了贾罗一堆石头,托克给了他一扇门和一些木块,楚格则递过去一捆火把。贾罗把马圈搭起来,准备开始修建庇护所。他微笑着,这还不错。他内心肯定比我们都还要焦虑,所以我很高兴他想出了一个适合所有人的办法。

我正准备询问如何前往水下,但托克早已准备周全。他从口袋里掏出四瓶水肺药水,逐一递给我们。我没有立刻喝掉它,而是先摇晃了一下瓶里的深蓝色液体。喝完之后,一股奇妙至极的感觉涌上心头——我仿佛置身于气泡之中,身子如同空气一般轻盈。

"快跳!这效果不是永久的!"听见托克的喊声,我紧跟着朋友们跳入水中。

下潜之前,我转身看向贾罗说道:"可以照顾好波比吗?"

"当然!"他振奋地说道,腿边待着两只猫,波比则礼貌地坐在他身旁,"我们都会好好的!"

我潜入水中,眼前的一切都发生了变化。

8

玛尔

失重的我悬浮在一望无际的波状蔚蓝之中。感觉有点儿像当年在因卡的水塘里学游泳,但这儿的水比想象中要多得多。我不知道自己是怎么呼吸的,但我就是能呼吸。药水真是神奇啊。海洋也要比我想象的深得多,还有着许多……

许多鱼类、植物、石头,还有枪乌贼。一只俏皮的灰色生物从我面前游过,用一双充满灵性的眼睛盯着我看。我很想请教蕾娜这是何种生物,但我不确定自己是否能开口说话。

"是海豚。"她说道,声音洪亮而悠远,"是友好生物。"

"我想要——"楚格开口说话。

"别抱它。"托克接过他的话,"我们有任务在身,不需要重演一遍'拥抱山羊'事件。"

"啊,海豚不会伤害我的。"楚格说道,"它们没长角。"

"我们散开排成一排,尽可能地观察更多的区域。"我用一种奇怪而尖锐的水下声音喊道,"我们要找出水下任何看着像人造物的东西。我想会是一座建筑,多半是拿石头建的。"

我们排成一排,就像在陆地上顺着小道行走一样。楚格在我右边半米的位置,托克在楚格右边半米的位置,蕾娜在托克的右边末端。我们就这样并排游着往下看。水越深的地方,蓝色也越深。海底空间仿佛一座倒立的山,一点儿也不平坦,到处都是岩石和植被,但没有任何长得像怪老头儿房子的物体。

"我看见他了!"楚格喊道,"埃弗拉姆!你好!我们是……"有什么东西径直地朝楚格飞来,从他的腿边一掠而过。"哎哟!"他咆哮道,"埃弗拉姆,你真是个浑蛋!"

我现在看清了,那个人正朝着我们游来,但不是埃弗拉姆。除非埃弗拉姆是一个——

"溺尸!"蕾娜喊道。我和她在同一时刻意识到了这一点。

"谁干的?"楚格盯着我们问道。

"不,那不是埃弗拉姆。它是一只溺尸——水下僵尸,还记得吗?"

嗖——

另有一个投射物嗖地飞过。是一根末梢有三个棱角尖刺的棍子,如同一把巨大的叉子。

"别闹了!"楚格惨叫道。

我的世界　怪物小队3　苦力怕之战

"你要攻击它。"托克轻声地说道。

"怎么攻击?"楚格问道。

溺尸朝着我们快速游来,已经准备好投出另一把巨型叉子。

"怎么攻击都行!楚格,上!"我喊道。

楚格朝我点点头,转身从口袋里掏出他的宝剑,以他的方式在水中战斗。单手作战相当困难,但楚格意志坚定。溺尸扔出下一副武器,楚格一剑将它击飞,又冲上前给了那溺尸一剑。

"我想使用弓箭,"蕾娜出现在我身边说道,"但我不知道海水会不会影响我瞄准目标,我不想伤到楚格。"

"他会用自己的方式解决。"我说道,看着他与失重的溺尸搏斗,"他总是这样。"

"我准备好治疗药水了。"托克无奈地说道。这一刻,他只是太熟悉哥哥一头扎进战斗中的结果了吧。

"我不喜欢这家伙!"楚格喊道,一边攻击,一边哼哼唧唧地躲闪,"感觉它不应该出现在这儿。"

"可能溺尸喜欢游泳。"典型的蕾娜式发言,"可能凉水更舒服。"

"那就让我看看,砍下胳膊后,它还能不能游!"楚格喊道,"接招!再接一招!"

一阵长时间的停顿后⋯⋯

传来楚格的一声大吼。

我想，水下僵尸要比陆地僵尸难对付得多吧。

我想，我们现在知道埃弗拉姆的妻子经历过什么了。

我拿出宝剑，向后一蹬朝楚格游去。他受了伤，很难继续战斗了。无论溺尸使用什么武器，它都十分凶残，就算它没有牙齿也改变不了这一点。楚格见我游过来，笑着表示感谢。我往溺尸身后狠狠地刺了一剑……效果拔群，只不过这一剑把愤怒与饥饿的力量，全都引向我这边来了。阴暗的海水只会使得大海的形象更加骇人，我一时间竟忘记举起我的剑。溺尸的撕咬使我的手臂疼痛难耐，我挣扎着腾出空间正要使用宝剑的时候，楚格给了它一记重击。

终于……终于……楚格击败了它，它掉落的武器漂浮在深邃阴暗的蓝色之中。楚格将武器装入口袋，问道："你还好吗？"

我抬着手，伤势看着十分严重。托克游了过来，拿给我几瓶药水。我不确定我们是否能在水里喝药水，但奏效了，我的手臂在眼前恢复如初。

"掉落的那把巨大叉子名为'三叉戟'。"蕾娜说道，"我在楠的书上读到的。它实际上是一把相当优秀的武器。"

"它直接打在人胸口上的时候就不一样了。"楚格呻吟道。

"好吧，但现在想象你用它直接打到了僵尸胸口上。"托克开口说道。楚格笑着从口袋里掏出了三叉戟，一脸挑剔地审视着它。

我往下看，扫视着海底是否还有溺尸或者长得像隐士居

我的世界 怪物小队3 苦力怕之战

所的建筑。"还是没有埃弗拉姆的踪迹。"

"嗯,这很正常。假如你想要与世隔绝,也不会把自己的水下藏身地修在海岸附近。"托克说道。他打了个无声的响指,因为我们在水下。"我们去那边的岛上,造几条船,怎么样?那样我们就可以边划船边寻找埃弗拉姆了。这样更安全,我们还能大致看见水下的情况,工作量也会少许多。"

楚格挑起眉毛说道:"工作量少的原因是你不用划船。"

被一语道破真相的托克捂嘴笑道:"那我把下一块曲奇分给你。"

楚格眼神发亮,喊道:"成交!"

我们能看见远处的岛链,但只能透过水面上升起的缥缈雾气隐约看清一些高大的形状,那一定是树。多亏了治疗药水,我们才有力气抵达那里。我们又一次散开排成一排,小心翼翼地搜寻海底的敌人,以及埃弗拉姆的踪迹。我们没再发现溺尸的影子,却看见了一只海龟,我没能拦住楚格想要去和它拥抱的冲动。至少,这只海龟似乎并不在意他。

当大伙儿爬上第一座岛屿的沙滩时,我感觉身体沉重,脑袋轻飘飘的——水肺药水还没失效,估计我洪亮的嗓音还会保持一段时间。楚格开始砍树取材,托克则摆好了工作台和酿造台,蕾娜四处调查这座岛屿。看见波比没在她身旁的感觉真是有点儿奇怪,因为自从蕾娜驯服波比以来,小狼和她总是形影不离。没了波比的陪同,蕾娜似乎有点儿魂不守舍,但至少她手里还拿着弓箭。遇到溺尸之后,全员都进入了戒备状态。在主世界，你永远不知道可能会遭遇什么新的物种。

"需要我帮忙吗？"我问托克。

他没抬头就回答道："看看能不能钓上来几只河豚吧。你只要把渔线扔进水里，等它上钩就行。要钓的是一种浑身橘色、眼睛漆黑鼓起的鱼。"说罢，他将手伸进口袋掏出一根钓鱼竿放到沙地上。我捡起来，匆匆跑到近水的沙滩边。

我以前从没钓过鱼——这些都是楚格的工作，但他正忙着收集木材来造出两条船。至少，我看过他钓鱼，似乎也不难上手。我扔出鱼钩，静静等待，直到有拉扯的动静，浮标开始下沉。先是钓上来一条鲑鱼，接着是一条鳕鱼，然后是一条色彩艳丽的热带鱼，接着又是一条鳕鱼，除了这些以外，还钓上来一本书。这似乎是一本附魔书，我已经迫不及待地想向托克展示了。不过，在我钓到几只河豚之前，我是不会回去的。又钓到两条鳕鱼之后，我终于钓上来一条奇怪的浑身浮肿的橘色小鱼。我继续钓，又钓上来一条。我收获满满地回到托克的工作区，钓到的鱼够我们好好吃上几顿了。一想到楚格把它们做成大餐的情景，我的肚子便咕咕大叫起来。

蕾娜调查完小岛归来，还带来了从远处获取的一些蛋和鸡肉。当托克着手造船的时候，楚格生起了篝火，准备好要下锅的鱼之后，又去抓来几只河豚——显然，每瓶水肺药水都需要一只河豚——不过我觉得他是不想在钓鱼这方面被我比下去。我向蕾娜和托克展示从水里钓上来的书。托克兴奋极了，开始跟蕾娜商量该对什么东西附魔。

我的世界 怪物小队3 苦力怕之战

这会儿我无事可做,只好坐在沙滩上,享受着阳光与海风。我已经看不见身后的陆地,也看不见贾罗、马匹、波比和小猫们,但我相信贾罗一定开心地建好了一座精致的庇护所,也很高兴他没有投入大海冰冷的怀抱。上次冒险之后,我和楚格、蕾娜曾几度去往下界寻找药水原料,也欣然地欢迎贾罗一起去,但他从没想过要一同前往。说来有趣,他对小镇没有归属感,也不愿意参与冒险。托克应该也一样。我很高兴看到他俩都在墙外的新聚宝盆镇找到了愉快的平衡点,也希望长老们别再制定更多限制我们前往新聚宝盆镇的规则,我可不想错过"午快饭"。

楚格又带回了三只河豚,加上另外钓到的鳕鱼都够养活蕾娜家的十二口人了。除此之外,他还带回了一副马鞍。我们吃了烤鱼,托克也造好了船和更多的药水。很好,没有发生爆炸。他去年都没机会长眉毛,现在算是熟练掌握了酿造药水的技艺,没人会被炸飞了。

我们将船推进水中,楚格停下来,打量着这两条坚固的木船。

"要给这些船取名字吧?"他说道,"我在楠的书里读到过。"

蕾娜点头说道:"人们会给重要的船只命名。出于某种原因,几乎都是女性的名字。"没等楚格问出有关"船体"的尴尬问题,蕾娜补充道:"或者我们可以统称'她'。"

"那我要将这条船命名为……'马克小姐号'。"楚格说道,并夸张地向他的船鞠躬。

"这条就叫'探险者楠号'。"我赶在他取出一些更糟的名字前插话道,"愿她们将我们载往胜利!或者,你明白的……载往埃弗拉姆的住处。"

蕾娜和我上了同一条船,托克和楚格驾驶另一条。我主动拿起船桨,因为我知道蕾娜拥有最敏锐的双眼。我们划进开阔的水面,我的手臂已经疲惫。蕾娜身靠船舷,眯着眼睛往下看,目光投向海底深处。

"我还是不理解为何会有人住在这儿。"她说道。

"楠说过他想与世隔绝。"我一边划桨,一边耸肩说道,"这也说明人们不会轻易地找到他。"

"但为什么住在水下?真是相当奇怪的住处。"

"聚宝盆镇里还有人觉得我们奇怪呢。"我提醒她说,"就因为我们喜欢探险和养宠物。"

"那天拉尔斯又叫我'疯子蕾娜'了。"有那么一会儿,蕾娜没有盯着海底寻找埃弗拉姆的踪迹,而是抬头凝望远方的地平线,远处大海的深蓝与天空的蔚蓝朦胧地交织着,"无论我做什么,人们都觉得我很奇怪。他们仿佛完全忘记了我们拯救过小镇……两次!要不是我们愿意以身涉险地前往下界,聚宝盆镇连一瓶治疗药水都酿造不出来。"

我叹了口气,任由小船在海面漂浮。我伸展了一下肩膀,说道:"我不理解的地方是……我是说,他们认为还能控制我们多久?当然,我们还是孩子,但我们能养活自己,去到任何地方都能生存下来。是我们在保护他们,而不是他们在保护我们。我实在想不出他们有什么理由来规训我们。"

"长老们管理着小镇。他们制定规则。一直都是这样的,玛尔。"蕾娜说道。

"好吧,但也许这需要改变。也许,年纪变大并不意味着会变得更加聪明睿智,或者更会体贴他人。也许,这只意味着人变老了而已。"我焕发了全新的活力,拿起了船桨继续划。

我绝对只是在生那些长老的气,不针对楠。也许她变老了,但她的确聪明睿智,还体贴他人。毕竟,是她将我们送进主世界,她也是第一个相信我们的人。我们要找到这个叫埃弗拉姆的家伙,找到附魔金苹果,赶紧回家将楠治好。

然后再和长老们对峙。

"等一等!"蕾娜喊道。在此之前,她远远地靠在小船的边缘,掉进水里的瞬间我没能抓住她。起初我还在担心她,但很快意识到没这个必要——毕竟她喝了药水,也了解溺尸的情况。她消失在海浪之下,不一会儿便摇摇晃晃地浮出了水面。

"我想我看见了!"她高兴地喊道,"埃弗拉姆的房子!"

9

托克

海洋的声音不算是最嘈杂的,我得以听清远处的水花声,因而担心着玛尔和蕾娜的安危。但过了不久,蕾娜便浮出水面,大声喊着她总算有了新发现。楚格划了过去,我俩都有点儿遗憾没能率先发现它。但我让楚格相信,我们在附近小岛上找到的海龟蛋同样是激动人心的发现。

我们乘坐的小船轻轻地撞向另一条。我顺着她们的视线看下去,相当遥远的地方有一个巨大的方形建筑,层次丰富,装饰精致。它由一种我从未见过的石头建成,闪烁着绝美的茶色,仿佛随着海面阳光斑驳的投影而游动着。

"它是拿什么建成的?"我询问蕾娜。她家里掌管矿物资源,她在被家人弃置不顾之前,曾被迫到矿场完成几乎所有

我的世界　怪物小队3　苦力怕之战

杂活儿。

"我不知道。"她说道，同时也在楠的某本书里翻找着，"我家的矿场里没有这种石头。我猜测这是某种新的矿物。我们可以去问埃弗拉姆，也许能带一些回家研究，或者陈列展示。总之，它很漂亮。"

"我也从未见过它。"玛尔说道，她最有可能了解这种石头，因为她在家里的奶牛场后头和下界都挖过很久的矿。

"为什么你们对无聊的旧石头如此感兴趣？这底下可能有比石头更有趣的酷炫玩意儿呢！"楚格抱怨道。我哥对石头向来提不起兴趣，除了贾罗当年常常欺负我们的时候，他会用石头砸贾罗。"我们走吧！"

"我们的药水效果可以持续多久？"玛尔问我。

为了保险起见，我把新酿的四瓶药水递给大家。"我不能确定。书上没写确切的时间，但估计……也许能维持6小时？当然，足够我们游到下面跟埃弗拉姆对话了。而且，他肯定有什么不依靠药水就能长期在水下呼吸的办法，否则他每晚睡觉都可能被呛醒。"一想到这儿，我便不寒而栗。我并不是小队里最擅长探险的人，有点儿害怕要一直游到水底。

但我没有表现出来。楚格要是担心我，便会无暇顾及自己，这反倒会让我俩都陷入困境。

我们喝下药水，陆续跳进水里。我希望能有办法确保我们的小船待在原地，但愿它们不会漂走太远，但愿别有枪乌贼把它们推走，但愿别出现其他任何情况。玛尔领路，径直地朝着那座水下建筑游去。楚格示意我游在玛尔后面,这样他就能盯紧我了。我深吸了一口气,尽管没什么必要,然后一头扎进水里。

水下的世界环境优美,宁静而祥和。但总有生物在我的视线范围里游动,每当海龟或者鱼类出现的时候,我总会受到惊吓。它们并无恶意,但我的大脑却不这么想。自从上次被强盗绑架到下界,我至今心有余悸。鱼不是强盗,可我的大脑却喊着:"啊!有攻击!警戒!"我别无选择。

尽管如此,我越是外出体验生活,和我的朋友们经历美好的探险,我便越少被这些糟糕的记忆所侵扰。所以我紧跟玛尔,继续游动,心里知道楚格和蕾娜正跟在我身后。楚格手里拿着剑,蕾娜也一直握着弓箭。

游得越近,埃弗拉姆的房子看起来越大。建房的石头确实很漂亮,如棱晶一般闪耀,四周飘舞着像树一般高大的海藻叶。我们没有看见任何一扇房门,但玛尔此时的想法与我一致——房门可能位于建筑的底部,而且就像普通房子的门一样。巨大的鱼类在房屋周围游动,像极了正在巡逻的卫队。

"这家伙的房子真不简单。"楚格用尖锐的"药水声"说道,"我是说——房子真大。对于一个老人而言真的很大。人变老之后不都会缩小吗?"

"或者,你可以一直长高。"我提醒他,但从严格意义上说,楚格可能是对的。不过,就算比常人矮一厘米,也无法否认埃弗拉姆确实建造了一座巨大的房子,甚至都不像家的样子。

更像是……

一座遗迹。

尤其是我们现在能一览无余地见识它的全貌。

眼前飞速掠过的物体吓了我一跳，但随后我便意识到那只是条鱼。

不过，当它游得越近，我的警戒感越强烈。

它的体形比我见到的任何鱼都要更硕大。

外表也更加凶狠。

它像极了一只河豚，身上长满尖刺，但没有一双呆板鼓胀的眼睛，取而代之的是一只巨大的独眼。

"那条鳕鱼怎么回事？"楚格问道。

"我觉得那不是一条鳕鱼，哥哥。"我答道，"蕾娜，你还记得任何有关身上长满刀子的愤怒大鱼的信息吗？"我开始向后游去，同时在口袋里摸索我平时使用的剑，尽管我并不擅长用它。

"楠没有任何关于海洋的书。"蕾娜说道，"我该朝它射箭吗？"她的箭已经瞄准，但不确定是否该射出。我掏出宝剑，然后……

啊！

鱼！

大鱼！！！

大鱼脸！

大鱼贴脸!

愤怒大鱼!

我尖叫着用手往后游动,但那条大鱼刚好在我面前,猛地撞过来。我感觉像是被一匹浑身长刀的马碾过一样,一边胡乱比画,一边大声尖叫,惊恐万分。要是没有水肺药水,我肯定溺死在这儿了。

我一次又一次地用剑攻击,打了又打,无法透过气泡看清战局。终于,这条大鱼游远了。我眨着眼睛,直到自己能再次看见眼前的情况。这时我才意识到,我的朋友们同样在独自对付愤怒的独眼大鱼。

楚格边砍边喊:"去死吧!死多点!全都死光光!老兄!"玛尔则安静地战斗,她的脸颊在冰冷的蓝色海水里显得格外鲜红。蕾娜的战况也十分棘手,因为她是个远程射手,而且波比不在她身边,不能帮助她分散对手的注意力。我不知道自己为何觉得能帮上忙,因为说实话,我并不擅长战斗。但我还是游了过去,开始用剑从背后攻击大鱼。我们一块儿击败了它,随后楚格和玛尔游到我们身边。

"有快速恢复零食吗?"楚格满怀希望地说道,"因为被'独眼鱼王'的尖刺扎到可不算什么趣事。"

"边游边吃。"蕾娜将湿漉漉的曲奇塞给我们说道,"它们的同伴要来了。"

果然,更多的大鱼朝我们游来,其中一条摆动着身体直勾勾地盯着我,我一下子就僵住了。它硕大的眼睛里迸发出

我的世界　怪物小队3　苦力怕之战

一道诡异的紫色激光，冲我而来。我移动身体躲闪过去。

"它们能发射激光！"我喊道，"我们快躲开！快躲到什么东西后面！"

没有坏事发生，也许它只是在补充能量。我只知道，我不愿想象被那道紫色激光击中的后果。玛尔朝着建筑底部俯冲，我们紧随其后。

"我觉得妈妈应该说过，饭后三十分钟内不该游泳。"楚格说道，但这也并不妨碍他狼吞虎咽地嚼着曲奇。

"那是怕你吐在因卡的水塘。"我解释道，"我觉得这些鱼才不关心你吐不吐，而我只关心不要再被击中。"

我们抵达了建筑底部，这里果然有足够的空间供我们在底下游泳。巨大的柱子撑起了这座建筑，我无法想象它的重量，整个建筑赫然耸立在我眼前。我不禁思考，假如这些柱子塌了，它不费吹灰之力就可以将我压扁。一来到建筑底部，我感受到一阵……不知如何形容……恶心与无力感。脑海里传来一阵令人毛骨悚然的声音，刺头鱼噩梦般的幻景浮现在眼前，我仓皇失措地四处逃窜，而它却诡异地消失不见了。我颤悠悠地眨着眼睛。

"有人感觉到了吗？"我问道。

"一张晃晃悠悠、粗糙不平、灰不溜丢、涡旋状的恶心的鱼脸？"楚格说道。

荒谬至极，但他的描述却恰如其分。

"是的，但我们还不能慢下来。"玛尔说道，"我们得到里面去，远离那些鱼。"

我们在四周游了一会儿，却没能发现入口。这座建筑的底部极其平坦，周围一片漆黑。

"我觉得我们得稍微往高处找找。"我说道。

我们往高处游去，发现这些石块像金字塔一样排列着。然而就在不远处，我注意到石头上刻着有趣的图案，很像一把射击方向朝下的巨大弓箭。玛尔必然也看见了，她正朝着那个方向径直游去。我们都以最快速度往前游，那些愤怒的大鱼在我们身后穷追不舍。我非常希望有什么药水能让我们游得更快，但现在想这些为时已晚。

玛尔把目标定为一系列看上去十分类似于入口的拱形建筑，我们急忙游到拱门下方，进入建筑之中，躲过一条巡逻的大鱼。玛尔领着我们向上游进一个小壁龛，大鱼竟直接从我们身旁游走了。尽管它们看起来穷凶极恶的，但并不太聪明，毕竟它们始终还是鱼。

当它们一离开视线，我们便悄悄游回入口处。底下一片深蓝，神秘而晦暗，我并不喜欢这里。不同于林地府邸精美合理的对称式设计，这地方的构造杂乱无章——要我说，更像下界要塞。我并不希望它是这样设计的，因为下界要塞就够让人晕头转向的了，我不想被困在这样一座水下迷宫。当稍微深入这座建筑的时候，我们在一系列发光的白色灯笼前停下了脚步，花了些时间吃曲奇和恢复状态。

"被大鱼的泡泡激光射到脸上之后，有人感觉到异常吗？"

楚格说道,"感觉像是药水,但我并不知道它对我做了什么,我依旧能在水下呼吸,也没感觉到虚弱或者恶心,但它肯定不能治疗我。"

"它们不是鱼。"蕾娜纠正道,"我不知道它们叫什么,但绝不是鱼。"

楚格抬起眉毛说道:"给它们取一个比鱼更适合的名字吧。"

"噢……好吧……嗯。"蕾娜思考的时候脸皱了起来。

"那么为了简单起见,只要我们还在水下,还在为生存而战斗,我们就叫它们'鱼'吧。"楚格接着把话说完。

我摇头说道:"我希望自己能知道它们是什么物种,它们的紫色泡泡激光意味着什么,以及让我感到十分疲惫的具体原因。鱼眼激光从未出现在我读过的书里。玛尔,你碰巧带牛奶出门了吗?"

"我最后想到的才是牛奶。"她吞咽下嘴里的最后一口曲奇,拿起剑说道,"至少鱼泡泡没有剧毒,也不具备虚弱药水和伤害药水的功效。我没感觉受伤,但……"她皱起眉头,"这感觉肯定像是……"

"像是一朵预示着暴风雨的乌云。"蕾娜说道,"尽管暴雨还未降临,但这朵云始终跟着你,感觉暴雨随时将至,而你也知道自己会全身湿透。"

玛尔的精神突然振奋起来:"就是这样!"而后又皱起了眉头,"这当然不是说我喜欢这种感觉。"她掏出钻石镐,打量着那块漂亮的松绿色石头,"但既然我们到了这儿,我打算带走几块这东西。它难道不很像一块棱晶吗?"

"叫它海晶石吧。"蕾娜说道,"要是它还没名字的话,我们就这样叫吧。"

"我还想着叫它'水石'呢,叫'晶石'也不错吧。"楚格说道,为自己没能抢先命名而感到有点儿失望。

玛尔前去挖掘那个石块,举起钻石镐在空中抡出一道弧线,估计她每天都要做几百次这样的动作,然而……那个石块毫无动静,连条裂缝都没有。玛尔气急败坏地叹了口气,举起她的镐朝另一块海晶石砸去……无事发生。

"我来试试。"楚格绷紧肌肉说道。玛尔将镐头递给楚格,他摆出一副要击穿钻石的架势砸了下去,可海晶石却只发出如同被小猫爪子挠了挠的声响。

"这是我遇到过的最坚硬的物质。"玛尔说道。当楚格用尽全身力气只为凿开一条小缝的时候,她已经跑到距离最近的海晶石块边。

"等一下。"我把手放到楚格背后,他停了下来。我不明白他为何会在水下流汗,但事实如此。"也许它不是石头,也许是……"我没找到合适的词语描述,"就像……没有药水的药水,或是没有附魔的附魔。"

"像是某种诅咒?"楚格问道。

我热切地点点头:"是的。那些守卫鱼举止怪异,我们现在还无法挖矿。也许,它们并不想让我们带走这些石块。也许,这是保护埃弗拉姆房子的一种方式。"尽管我也开始怀疑这里是不是他的房子了,"或者就是保护这个地方的方式,不论这里是哪儿。"

玛尔看着我说道:"所以你觉得这里不是埃弗拉姆的家吗?"

我看向四周说道:"这不是一个房子。这对一个独居的人而言过于庞大了。要是有人不想被打扰,怎么会大费周章地建造这么大的建筑呢?况且这座建筑还十分引人注目,像在叫嚣着:'嘿!来打扰我呀!'"

"但又为何有那些'绝非鱼类的家伙'守护在这里呢?"蕾娜问道。

我盯着隧道内靛蓝的阴影说道:"因为这里有值得带走的东西。"

玛尔依次看了看我们说道:"觉得这里是埃弗拉姆房子的人举手。"我没举手,蕾娜和玛尔也一样。楚格举起了手。

"假如无事可做的话,我会建一座这样的房子。但是,会在房子的侧面造出我的脸。"他解释道。

蕾娜说道:"好的。即便这座房子不是他建的,也有可能是他发现并搬进去住的。就像下界的那些堡垒残垣,或者林地府邸。主世界里有许多这般被遗弃的古老之地,对于想藏身的人来说,会是一个不错的家。我仍觉得这里值得一探究竟。"

"古老之地总有装满宝贝的箱子。"楚格提醒了我们。

玛尔嘴角抽动着。我能看出来，不能挖矿这件事的的确确困扰着她。这种感觉估计就像给了我一个装满药水原料的大房间，里面却没有酿造台一样吧。"如果埃弗拉姆有可能在里面，那我们必须进去。"她说道，"但我们得全副武装，带上绝佳的武器进入。那些守卫鱼就够难对付了，谁知道里面还有其他什么呢？"

楚格哼笑一声说道："都带上。我们战无不胜。无论这座奇怪建筑里有什么，我们都能一起战胜它。"

他把手伸进口袋，拿出了很多盔甲。我们分配了一些最好的部位，这样每人的盔甲都能有一些是钻石的、一些是金的和一些是铁的。楚格得到了最好的，是钻石和下界合金，我们一致同意由他穿着，因为他总是那个吼着进入战斗并承受最猛烈攻击的人。蕾娜掏出她的附魔弓箭，可以点燃任何东西。楚格挥舞的剑被我附魔了"锋利"属性。玛尔则将她钻石镐的"精准采集"附魔转移到了钻石剑上，而那把剑本身就已经很厉害了。

我深呼一口气，掏出了我的剑，又从口袋里拿出了四瓶全新的药水。

"那些是什么？"蕾娜问道。

"生命恢复药水。如果受伤的话，能加快我们的恢复速度。这些只是我最近一直在酿造的小玩意儿。"

玛尔眉头紧皱："你真的觉得我们现在需要这些药水吗？我们真的会遇到比陆地上更糟糕的事情？"

我的世界 怪物小队3 苦力怕之战

"没什么大不了的。"我摇晃着瓶里紫罗兰色的液体说道,"只用了一滴恶魂之泪和一些下界疣。此外,我还没使用过,就把这回当作……一次试验。"

楚格耸耸肩接过瓶子,我咧嘴笑着。即便要喝下有问题的物质,我哥也总是支持我。大口喝下之后,他笑着说道:"像腌蘑菇的味道。"

接着,每人喝了一瓶药水,我拿着剑,很讨厌它在我手中的尴尬感觉。也许我本该和贾罗留在陆地上,甚至就待在我们的船上,这样一来肯定就不会有这种感觉了。喝下药水之后,我感觉自己又强大了起来——或者说这就是我原本的力量。但楚格随后开始向建筑的深处游去,我便为自己还是来了这儿而高兴。总得有人为他扫除后顾之忧吧。

毕竟,要是这地方并非看起来那样荒芜呢?

10

楚格

我很爱探索新区域,发现可爱的新动物,以及往我的食谱栏里添加美味的新食物。我会把托克的新药水倒进我的汤里来增加一点儿鲜味,特别是能让我加速治疗的。我不愿向大家承认,但那条恐怖的独眼大鱼确实打败了我。我应该向蕾娜再要一块曲奇,或者向玛尔再讨来几条鱼。我绝对没有恢复到最强的状态,但无所谓了。如果我们能顺利通过这里,就能找到埃弗拉姆,得到他的附魔金苹果,然后很快便能回到地面。

我在建筑底部找到一处开口,顺势游了上去。我可以看见——不是很清晰,但勉强能够看清——我刚来到下一层便开始喊道:

啊!

我的世界 怪物小队 3 苦力怕之战

鱼！

大鱼贴脸！

我挥剑将其击败，却被它锋利的尖刺猛击了几下。我看见另一条鱼，随即冲了过去。那条鱼却转过身，收起身上的橘色尖刺，像是在躲避。我将它击败，摸了摸刚被另一条鱼刺伤的胳膊。

我……讨厌这种刺头鱼。

这时，我身后传来尖叫声。我转头一看，发现玛尔已经被鱼眼泡泡激光锁定了。我用剑从后方袭击了它，大鱼旋转着朝我冲来。我继续跟它搏斗，努力躲开尖刺时，全身上下却感觉像被灼烧一般。

好的。我现在知道玛尔为何尖叫了。

我也在尖叫。

恼人的尖叫声此起彼伏。

托克急忙冲向那条用鱼眼泡泡折磨我的大鱼，却瞬间被刺伤了。我解决掉眼前这条鱼，转身去帮助他。

这种刺头鱼到处都是。

无处不在。

蕾娜恼羞成怒地哼了一声，只见一条大鱼从后方朝她袭来。"我的箭本来能点燃，估计是被海水浇灭了。在这儿全都派不上用场！"

"加油！"我喊道，"我们得去找更好的药水！"

这地方也许跟林地府邸类似，我们需要去到一处安静的走廊或者房间里重整旗鼓。我带头沿着通道往下游去，其内部却狭窄而阴暗。当头顶上方出现一处开口时，我抓住机会向上游去，玛尔、托克和蕾娜紧跟着我。我松了口气，急忙朝着走廊下方游去，路口左拐，又进入一处——

鱼！

大鱼贴脸！

我刚游进来便被鱼的尖刺扎中，仿佛自己一头撞进了插满剑的盒子里，走到哪儿都疼，却不能停下。我奋力用剑击败了这条愚蠢的刺头鱼，但也能感受到我的能量正在流失，我受到的伤害比平时大得多。这十分奇怪，因为我所穿的下界合金是我们所见过的最结实的盔甲了，通常能抵御任何攻击，那为什么这些鱼能让我身陷困境呢？

这次，当大鱼被击败的时候，我发现它掉落了几块晶莹剔透的碎片，材质与我无法敲碎的海晶石块如出一辙。我将碎片收进口袋——在饥饿感的驱使下，我将大鱼掉落的生鱼肉大口吞下。

击败大鱼后，我如释重负地发现我们已然身处一个像样的房间，里面装有壁龛、长凳，还有漂亮的海晶灯。这让我回想起克罗格在林地府邸的一些房间，像是某位天赋异禀的智者将每个方块以最美观的方式布置其中。克罗格没这本事——他只是率先发现那里的狂妄暴徒罢了——但我不得不承认，林地府邸确实是一座极佳的秘密基地。我现在意识到，这里就不适合当基地。周围有太多杀人不眨眼的"非鱼类"。

我的世界 怪物小队3 苦力怕之战

我游了进去,敬畏地观察着四周,我的伙伴们也跟着游了进来,除了——

"蕾娜去哪儿了?"

我看向托克和玛尔,他俩看向了身后,而蕾娜……并不在身后。

我的心脏开始疯狂地跳动,我想向玛尔要更多的食物,但找到蕾娜更为重要。我连忙游出房间,回到阴暗曲折的走廊。

"蕾娜!"我喊道。

"楚格!咕噜咕噜咕噜咕噜!"蕾娜回喊道,至少她通过海水和海晶石传回来的声音是这样的。

"你们留在这儿。"我告诉玛尔和托克,"我很快就回来。"

我往下快速游到大厅,上下检查着各条奇怪的分支小道。设计这地方的人一定患有眩晕症,喜欢给人捣乱,因为这里的设计毫无章法,正常的建筑绝不会这样。我收回前面的话——这鬼地方和林地府邸无法相提并论。估计埃弗拉姆实实在在地想要孤独终老吧。

一条守卫鱼出现在我前方,但它没有面向我,身上的尖刺都还收着,所以我悄悄地向它发起进攻,两三下便将它击败。

啊哈!

如果守卫鱼没有面向你,当你发动攻击的时候,它们就不会伤到你!

这个发现棒极了。

实际上，我惯用的先发制人策略对水下战斗而言相当有利。

"蕾娜！"我再次喊道。

"楚格！咕噜咕噜，断了！"她喊道。

我试着循着她的声音前进，却误入一条奇怪的走廊，里面全是高度齐腰的石块，仿佛被人当作修造栅栏的绝佳场所。至少，这里还有许多海晶灯。我原路返回，继续向上游，看见蕾娜被困的房间，有两条刺头鱼正试图……

好吧……它们像是要把她吃掉。

我怒吼着，趁守卫鱼的注意力全在蕾娜身上的时候发起进攻。蕾娜断掉的弓箭掉在地上，现在我能理解她为何被困住了。我进一步发起猛攻，其中一条守卫鱼转头面对着我，伸出身上的尖刺，一副被激怒的样子，巨大的眼睛晃动着，像是又要朝我发射泡泡激光。

我又连砍了几剑将最后一条守卫鱼撂倒，并立马捡起掉落的生鱼肉，狼吞虎咽地塞进嘴里。我知道自己应该先递给蕾娜，但说实话——要是没有我，她无法逃离险境。我必须保持自己的体力。

"它们追我到这儿。我的弓箭断了。"她说话的声音极其微弱，"我……我没有其他武器。"

我看见有三本书躺在地上，仿佛她刚才绝望至极，把能扔的东西都扔向了大鱼。我捡起书和她断掉的弓箭，递给她，

我的世界　怪物小队3　苦力怕之战

然后从我的口袋里掏出一把金剑给她。"现在你有一把厉害的武器了,托克自己做的。我们一起离开这儿。"我收集好守卫鱼掉落的碎片和水晶,带着蕾娜离开了房间。

显而易见,当前唯一的困难便是——这地方是个迷宫。

碰巧,我最不擅长走迷宫。

知道谁最擅长走迷宫吗?

托克和玛尔。

要知道这两位小队成员正身在别处,等着我回去呢。

"你不会碰巧知道回去的路吧?"我像平常一样冷静地问蕾娜。

"不知道。我当时在拼命地跑——游。"

我向左转,却进入了那条全是栅栏的死胡同。走错路了。回到廊厅之后,我向右转,却回到了蕾娜刚才的房间。也许向上游?对,我们应该向上游。这个走廊十分陌生,也可能是我转迷糊了。我快速地游出这里。所有的房间应该都是彼此相连的,对吧?

我们误打误撞地进入一间幽闭的廊厅,这让我想起了下界要塞里的楼梯间。我们往上游进了一个立满柱子的大房间。

"好吧。我们在这儿休息一下吧——"我开口说道。

蕾娜却打断我的话喊道:"巨型刺头鱼!快跑!快跑!"

我觉得她指的是"快游",但我没有纠正她。我赶紧潜回走廊,差点儿吓尿了裤子,因为一条全身土灰的巨型守卫鱼正咄咄逼人地向我们游来,它是目前我见过的体形最大的水下怪物。

我仅有的安慰就是,它的体形估计大到无法游过这扇唯一的门吧。

是吗?

我俩又游回各种曲折的廊厅,绝望到无法真正留意自己要游的路。往下,掉头,直行,往右,往左……这里阴暗又曲折。我脑海中短暂地闪过一个念头……

嗯……托克的药水最终会失效,我们会被困在这里无法呼吸。我还没见过能装进口袋的空气。

我能感觉到自己的呼吸在加速,这时蕾娜的手搭在我的肩上。"会没事的。"她说道,"继续游就好。"

"继续游就好。"我重复道。

谢天谢地,我看见了一抹熟悉的光亮。我们游回了"海晶灯栅栏房"。

"我知道这地方!"我说道。一阵宽慰涌上心头,因为我意识到托克和玛尔就在这个转角的附近。

凭着记忆,我们游进一个大房间,托克和玛尔正坐在长凳上吃着昨晚钓来的鱼。玛尔分了几片给我和蕾娜,我撕碎吃掉。鱼肉吞进肚子,我感觉力量开始恢复。我越来越意识到,我的盔甲在水下并没有帮到我什么。又或许它还是起了点儿作用,要是没有它,我可能早就变成鱼食了。我可以在这儿吃上一整天,也许永远都不会觉得饱,也不会觉得自己体力充沛。但我知道,我们得抓紧赶路了。我不敢问托克药水效果还能持续多久,仅仅是吃下最后一片鱼肉,打出一个

我的世界 怪物小队3 苦力怕之战

鱼味泡泡嗝,接着指向另一扇房门。

"大家准备好了吗?"

没人像是准备好的样子。

蕾娜看起来快要晕过去了,颤颤巍巍地拿着手里的剑。托克耸起肩膀,他应该是回想起了自己曾被囚禁在下界石头要塞的往事。玛尔看着则十分生气,仿佛一切未能如愿,自己却无能为力。她讨厌这样。

"加油!怪物小队。"我说道,"我敢肯定,埃弗拉姆就在那个转角附近。我们一起找到他,拿到附魔金苹果,回到楠的小屋一同庆祝吧。我们能做一个比老斯图还高的蛋糕给她!"

玛尔点点头。"嗯,好的。为了楠,我们能行。但我要郑重声明……"她无奈地叹气道,"我不喜欢海底。不管哪天,请给我找一个安逸的矿井。"

"我其实更偏爱下界。"蕾娜补充道,"至少大部分时候,你还能看见几千米之外的道路。"

"那些地方我都不喜欢,但我同样也讨厌这里。这么说吧,时间就是生命,抓紧行动总比原地不动要强。"托克十分紧张,搞得我也很紧张,但我预感将有好事发生。

埃弗拉姆很可能就在附近的某个地方,坐在由附魔金苹果堆砌而成的王座上,等着奖励一帮为他的老朋友楠而深入险境的勇敢小孩儿。

至少我是这么告诉自己的,这样也就能证明我老妈说的话不对，我也就不会轻易放弃。

我带着大家游出房间，进入廊厅，朝着另一个房间游去，因为我觉得大家都明白这地方的残酷性，而我能承受更多的攻击。一道光透过拱门照了过来，我冲了进去，发现——

不是埃弗拉姆。

是另一条土灰色的巨型守卫鱼。它十分生气。

"大家后退！"我说道。

想到那些体形更小的守卫鱼是如何乖乖挨打的，我便径直游向这条鱼，大喊着用剑劈砍它。

一阵痛感从眼球后传来，我尖叫起来，差点儿疼晕过去。

这些大块头有着更大的尖刺，也更加愤怒。

一击下来，我感觉全身的骨头都要断了。

我再次用剑发起攻击，挡住了另一根尖刺。

我的胳膊上好像爬满了愤怒的蜜蜂——全身着火的愤怒蜜蜂。我真想把胳膊砍下来扔掉，就是痛到这般地步。

我的身体本能地后撤，仿佛我内心的野兽也明白，若不逃跑，必死无疑。但我的大脑告诉我要留下来保护我的伙伴们。玛尔从侧方猛冲过来，用她的钻石镐劈砍大鱼，但并没有让那些尖刺停止进攻。她的尖叫声宛如一根扎进我灵魂的利箭，只见她的宝剑从手中滑落。

"快离开这儿！"我喊道，"我们得赶快离开这个鬼地方！"

我确保大家都游走之后，转身再次攻击这条巨大的守卫鱼，希望能争取一丝逃跑的机会。我砍下一剑，转头追上我的伙伴们。但这条愚蠢的"刺头守卫怪物鱼浑蛋"用最后一根尖刺扎中了我,正中我的后背。

这般廉价的一击,是如此的不公。

我整个人如同烈火焚心,乱石击打,钢铁压身。身体十分沉重,剑也从手里滑落。

海水冰凉。

地面柔软。

我就此倒下。

11

贾罗

听我说,我现在如同活在天堂。有了玛尔留下的各种方块,我能够自主设计并建造一座别致的庇护所。用石头堆成整齐划一的墙壁,用木头搭建富丽堂皇的屋顶。

房内的空间足以容纳我们的五张床和宠物,还有托克工作坊的空间。话说回来,外面阳光明媚,也许他会喜欢把工作间布置在沙滩上吧。我没有制作窗户的技术和设备,但我特意把房门装在了面朝大海的方向,这样我就可以凝望着迷人的海浪,等待伙伴们凯旋。惠风和畅,海豚们翻腾跳跃,我的内心别无他虑。

可是,这种好心情仅仅持续到伙伴们离开,时间短到超出了我的预期。

我的世界　怪物小队3　苦力怕之战

我想着他们仅是乘船驶出三十来千米,潜入水下,然后找到待在附近的埃弗拉姆,但他们却从我的视野里消失了好几个小时。他们是快乐地找到目标,带回了附魔金苹果,还是被水里的东西——任何吃小孩儿的怪物给吃掉了,我都无从得知。我见识过了陆地和下界的各种危险生物,不禁猜想海洋里也会有比喷墨汁的乌贼更具有伤害性东西。

我先是在庇护所四周闲逛了一会儿,然后回到我给马儿修建的栅栏旁边。栅栏距离海滩有点儿远,它们在这儿有草可以吃,我也很确定它们不喜欢在沙滩上闲逛。五匹马分别是斯贝尔克斯、梅文、多蒂、比比,还有哞哞——我新养的一匹马。没错,楚格给它取的名字,就因为它洁白的皮毛上带有黑色的斑点。它们本该平静地吃着草,自由自在地摇着马尾,安享"马生",但此时它们……举止却十分奇怪。所有的马都把头转向了同一个方向,抬起脑袋,竖起耳朵,发愣地盯着远处的平原,尾巴紧张地来回抽动。

"怎么回事?"我问斯贝尔克斯,伸手拍了拍它的脖子。它的身体因为我的突然触摸而颤抖起来,紧张地嘶鸣着。

我眯着眼看向马儿们盯住的方向,发现那里有些奇怪的东西。

那是……

那是……

火?

我掏出附魔金斧,往火焰燃烧的方向跑去,琢磨着是否需要挖一道壕沟来保护马匹和庇护所附近的区域。我曾见过闪电引起大火的场景，但今天晴空万里，确实弄不清起火的原因。当更靠近火光的时候，我呆站在原地，直勾勾地盯着它，张大了嘴，双手变得麻木，心里咯噔一下，差点儿扔掉了斧头。

火上写了字。

由肉色下界岩拼写的巨大文字，升到地面上方。

真真实实地着火的巨大文字。

上面写着：哈哈。

我倒吸了一大口气，双手握紧了斧头。

多希望我的朋友们能目睹这一切，我想知道自己是否在做梦，这绝对是一场噩梦。我多想回到新聚宝盆镇的家里，那里安宁整洁、平淡乏味。

我不知道这是谁干的，但肯定得有人干。这不是什么自然发生的事。

我回想起蕾娜的话，她坚持认为我们被跟踪了。

我之前以为，也许是我看见的那只苦力怕在跟踪我们，但它做不到这地步。只有人类才可以。

但为什么？

"哈哈"？

是什么意思呢？

好的，可以是大笑的意思，但有人在嘲笑我们吗？是有人从镇上一路跟踪我们？还是哪位发疯的陌生人干的？又或许是埃弗拉姆留下的信息？这些年他一个人住在这里变得有

我的世界　怪物小队3　苦力怕之战

点儿精神失常？

我攥紧斧头，扫视着整片区域，走近这些文字。除了花草迎着海风沙沙作响之外，并无任何动静。除了这些文字，没有任何人来过的痕迹，没有看见任何脚印——但这也再次说明，我不擅长追踪。我希望其他人都回来了。蕾娜对自然界了如指掌，托克对下界岩了如指掌，玛尔和楚格对如何战胜各种怪物了如指掌。

但我现在孤身一人，也没有他们的这些能力。我已经逐渐习惯团队合作的舒适感——实话实说，即便是在以前，雷米和艾德也总在我身边。

我不太喜欢独处。就在刚才，我真正地记起了自己为何喜欢和其他人待在一块儿。

因为独处十分可怕。

尤其是在外面。

远处传来马的嘶鸣声，我回头一看，栅栏少了块板，五匹马朝着五个不同的方向跑开。

"斯贝尔克斯！"我喊着去追我的马，"宝贝，停下来！"

我知道，对于一匹惊慌失措的马而言，最糟糕的事情便是一边尖叫一边朝它跑去。但我万分惊恐，不知该如何是好。如果没了马，我们的探险速度会大大降低。随着楠的病情越来越重，时间就变得愈加宝贵。我们可能要花一上午的时间才能找到并驯服五匹马，也有可能要花上一整天，我们本来没必要去浪费这些时间。

我负责留在地面看管这些马，可它们却全跑了，这让我想缩成一个小球消失掉。我老妈以前总是对我大吼大叫，就因为我摘甜浆果的速度不够快，房间收拾得不够干净，考试成绩不够好。现在我不再和她一起住了，不用再经受内疚与羞耻的折磨，这是一种绝妙的感觉。但一想到我要面对小伙伴们，告诉他们我弄丢了大家的马，是的，这让我无地自容。

幸运的是，斯贝尔斯克还爱着我，它径直跑到我身边，甩着脑袋看着我，像是在说：嗯？傻瓜？你去做什么了？

尽管我什么都没做，只是去查看了巨大的火焰文字。

我跳到它背上，驾着它跑向最近的一匹马——哞哞。碰巧它们俩是母子。哞哞又踢又跳的，仿佛乐在其中，却又很容易被抓住。我一匹接一匹地把马聚到一块儿，送它们回到栅栏里。奇怪的是，少掉的栅栏板就倒在一旁。也许是哪匹马踢掉的？我不知道马会这样做，但我每天都能在自己的小农场里学到有关马、羊驼和蘑菇的新知识。也许是因为哞哞看见火光太兴奋，就把栅栏给撞倒了。毕竟它年轻力壮，总爱做些傻事。

对，一定是这样。马儿们因为见到起火而变得紧张，接着我又一惊一乍的，这对于一群容易受到惊吓的牲畜来说，难免会做出过激反应。

这是我能想到的唯一解释。

也是唯一说得通的解释。

当所有的马都安然无恙地回到修复好的围场，我便给它们扔了一些小麦，帮助它们平复心情。然后，我绕到庇护所前面，

我的世界　怪物小队3　苦力怕之战

看向海洋的方向，想知道朋友们是否已经在回来的路上了。

当然没有。

没那么容易。

海面上没有任何人或任何物的踪影，唯有无尽的蔚蓝和几只跳跃的海豚。我转身走进庇护所，却又一次停下了脚步，被吓得目瞪口呆。

我的床已经被彻底摧毁了。

说真的，我的床像是被人用斧头砍过，被劈成了大块碎片，毯子也被撕碎了。我听见一声轻柔的猫叫，康多和克拉里蒂从角落的枕头下探出头来，看起来也被吓坏了。

我向四周张望，检查了各个角落，但没发现有别人。

跟刚才一样……有人来过这儿。肯定得有人干这事。

床的碎片掉落一地。

有人在下界岩上创造了火焰文字引诱我出来。我到那里查看的时候，他们已经准备就绪。先是拆掉栅栏板放出马儿分散我的注意，接着跑进庇护所摧毁了我的床。

我现在口干舌燥，眼前发生的一切使我瞠目结舌。我以为独自待在庇护所里会很安全。我以为只要避开夜晚的怪物和白天路上的强盗，主世界会是个不错的地方。

我大错特错。

蕾娜说得对。

有人一直在跟踪我们，而且来者不善。他们很聪明地给我下了套，悄无声息地溜了进来。他们估计仍在外面某个地方躲着,可能离我很近,可能正在监视着我,同时也计划着他们的下一步行动。

我再次来到门外,午后的阳光很刺眼,我两三步走进了大海。海水冰凉且野蛮,在我靴子的脚踝处泛起白色的浮沫。

"回来吧,回来吧,回来吧。"我嘟囔着,用手遮挡着阳光,凝望远处的海浪,"你们快回来吧。我不行……我一个人承受不了。"

我需要楚格的信心、力量与挥剑的臂膀。

我需要玛尔的勇气、乐观与领导力。

我需要托克的聪敏和解决难题的能力。

我需要蕾娜超强的感知力和独特的洞察力。

可笑的是我以前还嘲笑过他们,觉得他们举止怪异,惹人心烦,就该被惩罚。但是现在,我愿意付出一切,只为见他们一面。

我回到屋内,警惕着任何声响,但海浪的拍打声让这变得困难。我没有背对着敞开的房门,我试图将我的床恢复原样,但我做不到。它已经被大卸八块,这让我觉得干这事的人一定疯狂至极。"哈哈"二字一定是某种讽刺。

托克随身带走了他的工作台,所以我无法重做一张床。但话又说回来,我的合成手艺糟糕透了,而且也没有任何原材料。我讨厌的是,大家等会儿回来的时候已经游得精疲力竭,却发现一张床的残骸,我还要请求他们再做一个。至少,我把马儿带回来了。至少,我还有点儿用处。

我回到外面,找了个地方坐下,一处能看见海洋、庇护所

我的世界 怪物小队 3 苦力怕之战

门前以及马匹的地方。我坐下来脱掉靴子，把脚趾埋进沙里。如果身体感觉舒服的话，心里就不会觉得特别糟糕了。我凝望着大海的方向，把斧头放在脚边，希望小伙伴们赶快回来。同时，我也在思考谁有可能干了这一切，而我只能想到一个人。

好吧，其实是一群人。

奥洛克和他的同党。

首先，这群人在怪物小队初次探险的时候偷过他们的东西，不管是随行的羊驼，还是玛尔高祖母的钻石镐，他们全给偷走了。他们甚至想要偷走楚格的宠物猪，拿去做成猪排。后来，他们找到了聚宝盆镇，偷走了镇上全部的药水，还绑架了我和托克，将托克拐到下界，逼他为他们酿造药水和武器。我们一致认为，将奥洛克和他的同党留在没有传送门的下界也算是送他们进大牢了。但或许他们找到出来的办法了？显然，如果你在下界走得足够远，是能够找到活跃的传送门的。所以，他们大概就是这样找到传送门回到了主世界，然后重新定位，来找那些将他们放逐到只有熔岩和疣猪肉世界的好管闲事的孩子报仇。

但如果真是这群强盗干的，好吧，那我完蛋了。

被我们留在下界的强盗一共有六人，他们都身着盔甲，手持武器。他们性格尖酸刻薄，脾气暴躁，我们早就知道了这一点，后来终于有机会躲过抓捕，从他们眼皮底下救下托克，一起穿过传送门，并在安全抵达主世界的那一刻立即将门摧毁。

如果他们真的在这里，而我却孤身一人，那我的下场会跟上次一样——被捆住手脚，蒙住眼睛，遗弃到荒郊野外。他们上次将我绑在一棵树上。我孤立无援，身上没有武器，也不具备在墙外主世界生存的技能和知识，只能活活等死。

他们绝非善类。

我又能有什么办法来对付他们呢？

一把附魔金斧，一把老旧的铁剑，一副已经在相互碰撞的膝盖。

托克的两只猫溜到庇护所外面，围着我转，一边喵喵叫着，一边用头顶我。我挠了挠它们的下巴，轻抚着它们的后背，但我这会儿在替它们担心。我无法保障它们的安全，它们要是遭遇了什么不测，托克会抓狂的。我每次走出聚宝盆镇的时候，就会觉得整个世界都会出岔子。也许，长老们的话有道理。也许，墙内的生活更美好。也许，危险的陌生人无法进入小镇，而像我这样的傻孩子无法轻快地走出城墙，只要租一匹马就能走上自己的死亡之旅，墙内的一切也许才更安全。

康多蹭了蹭我的脸颊，我这才意识到自己在哭。

"如果坏人来了，你们俩先跑，可以吗？"我告诉它们。克拉里蒂喵喵叫着，我补充说："跑走躲起来，直到托克回来。"

这时，两只猫喵喵叫着迅速跑进庇护所，我被吓了一跳。我一下子站了起来，拿起附魔金斧，多么希望自己没有愚蠢地脱下靴子。不一会儿我便找到了吓跑猫咪的东西，我的五脏六腑瞬间都蹿进了一股凉气。

径直冲向我的，是我一直都害怕遇到的东西——苦力怕。

12

蕾娜

　　我整个身体像着火一样，如钢铁一般沉重。我正身处千米深的海底，被困在一处满是"杀人鱼"的迷宫里，昏昏欲睡、伤痕累累、浑身酸沉、无能为力，陷入彻底的绝望与无助之中。

　　通常情况下，楚格和玛尔会扑过来救我。但楚格已经失去意识，正向海晶石地板下沉。玛尔还在战斗，但她估计和我一样伤得不轻。托克摇着楚格，求他醒来。

　　"药水就快失效了，你个大块头！"他喊道，"快醒来游回地面。我把这辈子全部的曲奇都给你吃。嗷！"

　　那条巨大的灰色守卫鱼攻击了托克。他喘着粗气挣扎着。他转过头，我俩对视上了。有且仅有这一次，我没有看向别处。"离开这里。"他说道，"游回地面。就现在。"

我摇头拒绝，游到他和楚格身边："不可能。我们一起把他拉起来。加油！至少他在这儿还能浮起来。"

我和托克各抓住楚格一条腿，但他还穿着笨重的盔甲，即便是在水下也很难移动他。灰色的守卫鱼——更应该叫它"远古守卫者"，毕竟它又大又易怒，跟我们的长老似的——眼睛对准托克发射泡泡激光。托克松开他哥哥的大腿，痛得打滚儿。守卫鱼的尖刺短暂地消失了，玛尔趁机给了它一击，但这只是让它更加愤怒。

我们要输掉这场战斗了。

这是我第一次不知道我们该如何战斗才能逃脱，更别说赢得战斗的胜利了。

嗷！

一条守卫鱼伸出全身愚蠢的橘色尖刺冲撞到我身上，我感觉肺部被刺穿了个洞。我放开楚格的腿，任由自己跌落到他身旁。躺在地上的感觉十分安详，我紧紧地握住他那比我大得多的手，将手指和他的扣在一块儿。

"你是一个好伙伴，楚格。"我说道，嘴里的泡泡像小鸟一样冒出来。

"别放弃！"玛尔命令我，"不准你们放弃！赶快起来，我们一起离开这里。"

"我站不住了。"托克虚弱地说道，"被攻击太多次。保持清醒都不容易了。"他倒在了楚格另一边，握住了楚格的另一只手。

玛尔游过来，掏出钻石镐，重重地砸向径直冲来的守

我的世界 怪物小队 3 苦力怕之战

卫鱼。

"我不管。我们是怪物小队。不管发生什么,我们都会一同前进。振作起来,托克!"

然而,托克和他的哥哥一样,已经失去了意识。

我们撑不了多久了。

他们都快没了呼吸。

"我做不到,玛尔。"我几乎乞求着说道,"我做不到。"

"你可以的!你必须可以!"她说道。我不知她究竟为何能在水里哭泣,但她却流下了眼泪。"我们会离开这里。我们会找到附魔金苹果。我们会治好楠。"

"那你就快游走,去完成这些事。"我说道,我几乎张不开嘴了,甚至连双手也失去了知觉,"没事的。"

"不!我不能就这样离开你们!我永远都不会离开你们!"

迎来了死一般的沉默,我正想告诉她必须离开,要么现在,要么再也走不了。但要我现在张嘴说话,实在太难了。

"如果你们全都能离开呢?"一个陌生的声音说道,我努力地睁开双眼。

一位老人出现在她身边……不,这一定是梦。他身着下界合金的盔甲,手里拿着附魔三叉戟。这是真的吗?他没戴头盔,戴的海龟壳。我能闻到他身上散发着刺鼻的药水味。他一定也喝了水肺药水,所以才能一路游到这儿来,还能张口说话。

"你是谁?"玛尔说道。

"我是来这里解救你们的人。"他粗声粗气地说,"现在让我来干掉这台大机器,然后我们得抓紧时间了。"

我眨眨眼,只见灰色的大守卫鱼消失了,只留下一块海绵,被老人塞进了口袋。他一边肩膀扛着楚格,另一边扛着托克。

"你负责那女孩儿。"他和玛尔说道,我在老远处意识到他一定指的是我。

感受到海水从我身上流过,当我再次睁眼的时候,玛尔正拉着我穿过一条曲折的隧道和几个光线怪异的房间。感觉像在梦里一样,只是我的肺部像着火一样,还有全身都在发痛。我再次眨眨眼,我们正游过一片长满水下植物的海洋。这些植物漂亮极了,在深松绿色的水中摇曳着。我用指尖抚过它们摇曳的绿叶。我想,现在一定进入了夜晚;又或许,我只是真的身受重伤,眼前的一切只剩下阴暗。

"屏住呼吸。"玛尔说。

我照做。我感觉身体异常地轻盈,朝着水面浮呀——浮呀——浮呀,直到头浮出了水面。我大口大口地吸着水面上方的空气,味道甘咸交织,鲜醇可口,但我不得不全都呼出去。我还相当地确定,我的肋骨都被打断了。

"把她扶到船上。"老人说。玛尔试着把我扶到船上,但我穿着盔甲,这让事情十分难办。我努力配合着她,用力抓住船舷,感觉粗糙的木头剐伤了我沾满咸涩海水的指尖。

我翻进小船,背部朝地,仰望着逐渐变成昏暗夜色的蓝天。

"给她喝这个。"老人说道,随后便感觉药水瓶触碰到我的嘴唇。我很乐意喝下它。

"是小队地板药水。"我嘀咕道。当我想为自己的笑话而偷笑时,咸咸的海水从我的鼻孔里流了出来。

噢!药水的效果好极了,一股暖流从我的心尖溢出,流遍我的手掌和脚趾。肋骨处的疼痛感渐渐消失,仿佛我从未被海底的愤怒独眼鱼痛揍过一样。当感觉自己能坐起身的时候,我坐了起来。

"楚格和托克还好吗?"我问道。

玛尔正在喝她的药水,所以我看向那位老人。他扶着楚格在第二条船上,正在喂他喝下药水。

"这孩子的状态很糟糕。"他告诉我,仿佛这都是我的错。

"他时常这样。"我说道,感觉仍有些不适应在空气里说话。

托克坐起身,茫然地环顾四周:"我是在做梦吗?还是说我们都死了?我是认真的,我们真的都死了吗?"

"这不是梦。"玛尔满脸愁容地说道,"不可能更糟糕了。"

"是的。你们这些傻瓜差点儿在海底没命。我第一次下到海底遗迹的时候,也遭遇过同样的事情。"老人一边说话,一边把空的药水瓶扔进海里,又从口袋里掏出另一瓶,"但没你们游得深,也绝不会尝试去对付一台大机器。但至少我有脑子,会保持喝水肺药水。你们有没有想过——如果药水喝完了会发生什么？还是说，你们就是傻？"

"我们不知道药水的功效会持续多久，也不知道我们需要多久喝一次。"托克怒气冲冲，双手交叉抱在胸前。我了解托克，也就知道他既深切地担心着自己的哥哥，又为自己没搞懂药水的药效而局促不安。

"行吧，你现在知道了。"老人咕哝着敲了敲他的背，同时凝视着楚格，若有所思地抬着头说，"还有，有了知识就等于赢得了一半的战斗。"

楚格还是一动不动，皮肤苍白，泛着冰冷的蓝色。他看上去已经没了呼吸，但老人喂他喝了药水，所以一定会好起来的，对吧？

我们都屏住呼吸注视着。这时，老人一拳打在楚格肚子上，托克气势汹汹地站了起来，但老人只是恶狠狠地说道："等着。"

等了好长一会儿，楚格喷吐出一股海水，坐起身来，眼睛瞪得像铜铃，问道："我打败它了吗？"

"你打败了谁？"托克笑中带泪地说道。

"独眼刺头浑蛋大灰鱼。"

我们全都盯着楚格。

"不，是它打败了你。你输得很惨。我们都以为你死了，哥哥。"

楚格奋力地吸了一口气，试图从他的船一步跨到托克的船上，却失足掉进了海里。托克把他拽到了自己的船上。兄弟俩拥抱着,抽泣着互相拍打对方的后背。

"我那时想要救你的,弟弟!"楚格哭喊道。

"我知道,哥哥!我也想救你!但那条守卫鱼——"

"我恨透那条刺头浑蛋鱼了!"

"我俩都不是它的对手。我们全都不是。"

"那我们是怎么逃出来的?"

托克指向那位老人。楚格瞪大双眼,这是他第一次注意到老人的存在。

"弟弟,这个老头儿是谁?"

"埃弗拉姆。"我说道。

因为——这么说吧,这是唯一的解释。

我们来这儿的目的是找一位老到掉牙的老人,他住在与世隔绝的地方,掌握着许多巧妙的技法。不可能同时有两个完全符合条件的人游荡在这片海域。

应该没错。

"你们怎么会知道我的名字?"他吼道,立即警戒起来,"谁派你们来的?他们花多少钱雇你们来的?我出双倍的价格。"

"没人派我们来。我们到这里来是因为楠生病了,她说您手上可能有附魔金苹果。"

我们转过身看着玛尔。她的药水起效了,但很容易看得出,她已经快崩溃了。她红色的辫子披散开,湿漉漉的头发遮住了眼睛,泪水的痕迹在她的雀斑脸上依稀可见,整个人也散发着疲惫和无力。

"楠，啊哈？"埃弗拉姆摸着下巴说道，"小家伙，有这么高吗？"

他抬起手，比画出一个差不多六岁小孩儿的身高。

"她是我的高祖母。她是矮，但她肯定比你们认识那会儿要长大了许多。"玛尔吐出了一些海水，擦了擦脸继续说，"那么您有那个苹果吗？因为……"她叹了口气，"我们只需要附魔金苹果，那是唯一能救楠的东西。她撑不了多久了。"

我能立即从埃弗拉姆的表情看出，我们得不到想要的答案。

"有趣的故事。"他说着，眼睛瞥向别处，"我吃掉了。实际上，我第一次尝试征服这座海底遗迹的时候就把它吃掉了。"

玛尔尽力地不展露她的失望，但没办法。她的肩膀耷拉着，颤巍巍地吸了口气。

"好吧。谢谢您。很抱歉我们打扰您了。"她拿起了船桨，"我们不打扰您了。感谢您解救了我们。"她将船划走的时候，我疑惑地回头望着。我十分了解玛尔，她从不会就这样轻易地放弃，但是……好吧，我们刚经历了一个相当糟糕的下午。我们都想回到坚实的地面上。

楚格也拿起了船桨开始划船。"很抱歉，玛尔。"他嘀咕道。

我们没划走多远便听见埃弗拉姆喊道："等一下。别告诉我楠的后代就这么轻易放弃。你知道这世上有不止一个附魔金苹果吧？"

我的世界 怪物小队3 苦力怕之战

玛尔停下船桨,注视着他:"您知道我们能去哪里找到其余的附魔金苹果吗?"

埃弗拉姆叹了口气,挠着他盔甲下的肚子。我现在完全清醒了,其实并不是他将我从海底坟墓里救出来的。我能看清他确实要比楠年老许多,也想知道他到底服用了多少药水和苹果,使用了多少附魔,才能变得如此强壮,才能迅速地将我们解救上来。他看起来很悲伤,很疲惫,仿佛一直处在死亡的边缘。

"我有一张地图。"他回答道。

"一张地图?"玛尔振作了起来。

他长叹一口气说道:"好吧。我存着它以备不时之需。但今天的小冒险让我相信,即便我需要它,也可能没法儿战斗到最后了。要不是我用了二十种不同的药水和附魔,你们估计都得变成大鱼的盘中餐。你们可能很难相信这一点,但我的状态早就不如年轻时候了。附魔金苹果是会创造奇迹,但就算是奇迹,也会有过期的一天。"

"它在哪儿?"楚格问道。

"你说地图吗?噢,被藏起来了。被藏到了一个绝佳的地方。"

楚格摇着头说道:"楠说得没错,他是个另类。"

"我当然是个另类!"埃弗拉姆吼道,"自那件事以后——"他清了清嗓子,闭上双眼,努力让自己平静下来,"听好了,我留在这里是因为外面的世界很危险。如果你是楠的后代,这就意味着我其他老伙计也都有了孩子吧？他们最终在某处定居，建立起了自己的城镇？"玛尔点头认可。"看吧。我失去克莉奥之后，便无法再与他同行。我无法像从树上摘下苹果那样，去找个新的女子，去新的地方定居。我无法和那帮总是让我想起克莉奥的人一起生活。所以我选择留在这里，给自己建了一个大院。"

"一个海底大院。"楚格会意地点头说道。

埃弗拉姆哼哧一声说道："海底？孩子，你傻吗？我当然没把房子建在海底。我挑选了一座小岛，上面能提供我需要的所有东西。如果你们能跟我到那儿，我会把地图给你们，然后你们就可以走了。这是我能为小楠做的最起码的事。没有人需要知道'失去'的感受——"他又清了清嗓子说道，"那么，跟我走吧。"

他划向的小岛，就在我们停下来造船的小岛后面。天，我拍了拍自己的脑门儿。

"他把家建在了海洋中央。"我说道，"指的是海洋中央的小岛上，而不是海底。楠并没有说过房子在水下。"

我们面面相觑，羞怯而悔恨。

"我真不敢相信。如果我多检查几座岛屿，就可以跳过差点儿丧命的环节了。"楚格说道。

"我也不敢相信，我没有问清楚楠的意思，也没有思考过她话里的其他含义。"托克呻吟道。

"我也不敢相信，我们竟然以为您住在海底遗迹。"玛尔说道。

"是的,我们确实有点儿'鱼头鱼脑'了。"楚格咧嘴笑着。我也笑开了花,因为当他开始说些糟糕的谐音梗的时候,就说明他的状态一定好多了。

"现在听着。"埃弗拉姆语气严厉地说道,"我们等会儿上岛的时候,你们就跟在我身后,一步都不准走偏,明白了吗?"

"但为什么呢?"玛尔问道。

"因为岛上全是陷阱。如果你的哪只脚踏错了路……"他眼神锐利地盯着玛尔,"你就真的必死无疑。"

13

玛尔

起初,我以为目的地是我们原先停下来造船的小岛,但随后埃弗拉姆领着我们绕过了那座岛。目之所及至少还有两座岛屿,埃弗拉姆将船划向了我们造船的岛后方的那座森林更加繁茂的小岛。我紧张地扫视着这片区域,寻找人类居住的迹象,却没有发现任何显示埃弗拉姆藏匿于此的证据。我想这也是我们第一次就错过这里的原因。

我们跳下船,把船拉到了沙滩上。我还担心自己没有力气站起来,但药水确实很有效果,我现在的状态特别棒。埃弗拉姆一下船便脱掉了身上的盔甲,塞进口袋,却仍戴着他的海龟壳头盔。

"您头上的是只海龟,还是——?"楚格开口说道。

我的世界 怪物小队3 苦力怕之战

"这是我用老旧海龟壳做的宝贝。"埃弗拉姆用拳头敲了敲头盔,"它能让我在水下呼吸的时间更长一点儿。你们要是也有一个像样的'壳盔',这次就不会身陷险境了。现在,跟我走。切记沿着我走过的路走,不准碰任何东西。"

"但是——"楚格开口道。

"任何东西!"埃弗拉姆吼道,一群色彩斑斓的鹦鹉闻声叫着飞向了天空。

"我觉得他是认真的。"我低声说道,楚格咯咯笑起来。

埃弗拉姆一头扎进森林,自信地走在小路上。我示意楚格走在我前面,跟到埃弗拉姆身后,这样我就能盯着他的一举一动。因为要是他看到一串垂下的果实,就很可能会给我们带来麻烦。所以我要跟在楚格后面,接着是托克和蕾娜,我们小心翼翼地沿着埃弗拉姆走过的路前进。

"第一处陷阱。"埃弗拉姆说道,指着森林地面上的一块漂亮的馅儿饼,就放在两块木头之间的空地上,"吃馅儿饼,死翘翘。"

"那可是馅儿饼啊。"楚格抱怨道。

"死亡馅儿饼!"埃弗拉姆吼道。

再往森林里走一点儿,我们路过了一处整洁的小庇护所,应该是劳累的旅行者歇脚过夜的绝佳场所。

"第二处陷阱。"埃弗拉姆说,"里面全是熔岩坑。打开门,掉进坑。"

"真是'热情好客'。"楚格嘀咕道。

接着我们来到一个岔路口。我只能看见一块钉在树上的标志牌。第一行写着"请阅读",但下一行的字小到眯着眼睛都看不清。

"第三处陷阱。"埃弗拉姆告诉我们,"上前看标志牌就会触发红石,活塞陷阱就会把你弹到空中。"

托克兴奋地说道:"等等,您听说过红石?"

"我这把年纪什么都知道。"

"您能教教我吗?"

"呃,不能。我希望你们赶快离开。你可以带走我的书。"

"这是我听过的最美好的回答了。"托克幸福地感叹道。

埃弗拉姆指向他的第四处陷阱。这时我问道:"您真的如此不想被打扰吗?"

埃弗拉姆坚定地摇了摇头,海龟壳头盔嘎嘎作响。"不是的。我大费周折跑到这里来,设下这些陷阱,并不是为了防止被打扰。"

"那么您为何要救我们?"蕾娜问道,一如既往地直奔主题。

"是的,您又是如何知道我们在那儿的?"托克补充道。

"我有座瞭望台。我从那里看到你们来了。"

"噢!一直是您在跟踪我们?在我们抵达海洋之前就开始了?"蕾娜说道,"因为我感觉我们被跟踪了,但没有证据。"

"不是我。我有快五十年没踏上过大陆了。我在这里完全能自给自足。你等会儿会懂的。我听见有人鼓捣工作台的声响，看见你们在沙滩上。这里平时不会有其他工作台发出的声响，你是知道的。我看着你们的船出海了，便马上知道你们会像笨蛋一样潜入海底遗迹。发现你们没有及时回来，我想我必须下去救你们了。"

"这么说您是个好人！"楚格说道。

"我不会这么说。我只是不想让那些被遗弃的船只，还有溺死的孩童尸骨漂浮在我的海域。"

"我长大后也要和他一样。"楚格在我耳边低语道。

"我们到了。"埃弗拉姆将一些树枝移到一旁，露出了……一处岛内天堂！

说真的，这里就像一个微缩版的聚宝盆镇。他有一个小牛圈，一个小羊圈，整整齐齐的小地块上栽种了南瓜、甜浆果、西瓜、胡萝卜和土豆。正中央是一个单层的庇护所，建筑简单却很精致，甚至有像托克工作坊一样的小棚子，无论晴雨天都能在户外工作。

"设计真别致。"楚格说道。

"千万别想着留下。这里仅供单人居住。"

楚格轻笑一声道："谢谢您，但我们是不会留下来的。家里还有一头猪等着我回去呢。"

埃弗拉姆走近他的房子，我们依旧紧紧跟在他后面。"空地上没有陷阱。"他说道，"但我喜欢私密空间，你们就待在这儿。"我们停下脚步，他走进房间，啪地关上了房门。

楚格小心翼翼地走到一边，仿佛地面随时可能爆炸。当然，什么也没发生。来到这样一处隐约让人有安全感的地方，大家的心情十分放松。但太阳就快落山了，我心情沉重地意识到，门外面不再会这么安全了。

"有人发现太阳快落山了吗？"我紧张地说道。

"我发现我的肚子咕咕叫着想吃晚饭了。"楚格揉着肚子说道，"我还发现森林里有一块无人问津的馅儿饼。"

"我们在海底遗迹逗留的时间比计划中要久。"托克承认道。

我理解他为自己的误判而感到难过，所以我告诉他："我觉得没有人能预料到我们在海底的险境。"

"希望我们可以给下一个冒险者提个醒。"蕾娜已经拿出了她的本子，正在疯狂地涂鸦，"有谁还记得那些守卫鱼有多少根尖刺吗？"

"很多很多。"楚格嘀咕道，"就是多到数不清。"

我把手伸进口袋，掏出剩下的鱼肉。楚格抱怨这不是曲奇，我告诉他下次一定给他做"鳕鱼曲奇"，他礼貌性地呕吐了一下。蕾娜停下画笔许久，方便她吃鱼。听见楚格又在模仿波比饥饿时发出的声音，以此抱怨没有曲奇时，她把自己的曲奇递给了楚格。我不时地回头盯着埃弗拉姆一直紧闭的房门。

夜幕降临，我们处在一片漆黑之中。楚格从口袋里掏出几支火把，绕着我们插了一圈。他拿出宝剑，观察着黑暗中的动静，有鸟儿的啼鸣，也有树叶沙沙的声音。多亏了火把的光亮，我得以看见他的剑锋晃动着，将火光反射到树木的

我的世界 怪物小队3 苦力怕之战

阴影处。楚格是我最要好的伙伴,这可能是我第一次见到他不那么有勇气的时候。

啊,因为这是他第一次因遭遇强敌而输掉战斗。

他已经习惯于充当我们的英雄,而且……我猜他觉得自己让大家失望了吧。但我觉得我绝对让伙伴们失望了。他们把我当队长,我却把他们带向了死亡陷阱。我们一同战胜了克罗格和强盗,征服了林地府邸和下界。估计我们都开始感觉所向披靡了吧,能够战胜任何敌人,能够驯服各种野兽——除了疣猪兽,还能够在各种情况下生存下来。

今天我们认识到,仍然有我们无法战胜的事物。

今天的经历是一次惨痛的教训。

这不仅仅是对楚格而言——而且是对我们所有人。我把大家带入险境,却无法带他们逃离。托克给我们酿造了药水,却没能保证足够的量。现在他遇到了埃弗拉姆,知道了一些关于可能会帮助到我们的药水和附魔的知识,但这些都是他的书上没有的,也可能他并不知道这些东西的作用。还有蕾娜——好吧,她迷路了。有可能是为了给她的本子画点儿什么,但她的分心却给楚格制造了困境。如果埃弗拉姆没有听见我们造船的动静,没有一直监视我们,我们很可能全都活不到现在。

我哆嗦着,渴望有墙和床。我现在甚至不介意待在聚宝盆镇的巨大围墙里面。主世界比以往任何时候都要恐怖,即使只有海洋企图夺走我们的性命。

终于,砰的一声,埃弗拉姆打开了门,扔给我们一张地图和一本给托克的书，仿佛他不想再靠近我们一步。托克随即开始翻阅这本书，自言自语地念叨着红石。我摊开地图，试着弄清正北的方向。

埃弗拉姆拿过地图，调整了一下方向，指着最右边的一个符号说道："这个苹果远超出我能到达的范围，但地图很好地标注了。我不了解这片区域，所以不能给你们任何提示，但至少这地方没在水下。孩子们，你们很擅长应对洞穴环境，对吧？"

"洞穴、山崖、山地、峡谷、下界。"楚格挺起胸膛说道，"除了你找到我们的地方以外，任何地方我们都擅长应对。"

"显然。"埃弗拉姆挑了挑眉毛，"否则你的尸骨应该早就堵到别人家的后院了吧。"

"有没有人告诉过您，您这人真的很擅长和别人打交道？"楚格问道。

埃弗拉姆发出了一声近乎犬吠的声音回应楚格。

趁着楚格还没进一步羞辱他，我插话道："非常感谢。这正是我们所需要的。我知道楠也会很感谢您的。"

"大多数人都会感激自己还活着。"埃弗拉姆说道。

"他就是觉得自己魅力四射吧。"楚格嘀咕道。我立刻用手肘顶了顶他的肚子。

"但我们睡哪儿呢？"蕾娜停下笔，睡眼惺忪地抬起头问道。

埃弗拉姆似乎特别疑惑："睡觉？我为什么要关心你们睡

我的世界 怪物小队 3 苦力怕之战

哪儿？"

"因为是您把我们带到了这个满是杀人陷阱的与世隔绝的恐怖小岛上的，现在外面一片漆黑，如果我们试着回到自己的营地，肯定会死在馅儿饼坑里的。"楚格解释道。

埃弗拉姆叹了口气，搓了搓自己的脸，仿佛这是他一百年来最疲惫的时刻。不瞒你说，这种事还真有可能发生。楚格的确有可能死在馅儿饼坑里。

"可是你们不能在这儿扎营。我真的习惯了清净，我也很乐意为楠伸出援手，但我似乎记得小孩儿都又吵又闹的。我会带你们回到船上，然后你们自己回到营地，或者睡在沙滩上。但你们不能砍我的树，那些都是我的树，我的！"

我们逗留在这儿的时间越长，我就越发觉得，独自一人在岛上生活一百年也许并不利于心理健康。埃弗拉姆很好心地救了我们，却没有为我们提供食物或者床铺，也没有任何解释。他很慷慨地给了我们指向"救命苹果"的地图，但似乎并不怎么喜欢我们。他倒是让我想起了镇上的长老。我想知道究竟是什么能让一些人变老后成为楠那样，风趣善良，充满好奇心；而让另一些人变老后变得无聊自闭、愤世嫉俗。

无论是什么，我都想变得更像楠。

埃弗拉姆没有多解释，带着我们向海滩走去。他甚至没有提醒我们要小心谨慎，所以我小声说道："记住——路上不要碰任何东西！就算是馅儿饼也别碰！"

"带好你们的武器。"埃弗拉姆说着掏出了一把附魔剑，"我猜你们知道如何在陆地上战斗吧？"

"当然！"楚格肯定地说道，"我们很擅长陆地作战。"

在我们迅速穿过一条只有埃弗拉姆看得清的树林小道时，右边爆发出一阵低沉的吼叫声。埃弗拉姆快速地砍了几剑便击倒了这只僵尸，继续前进。紧接着一支箭从左边射向我们，还没等怪物进入近战攻击的范围，蕾娜已经用自己的几支箭将它撂倒了。

"射得不错。"埃弗拉姆评价道。

每个人都心跳加快、惴惴不安。我的脑海里不断浮现守卫鱼突然挡在我面前的画面，不知从哪儿冒出来的，要用它的独眼泡泡激光和尖刺攻击我。夜晚的黑暗引起了我天马行空的想象，除了我们的脚步声以外，我对任何声响都保持着高度警觉。感觉任何时候都有可能从森林里跳出什么东西，直奔到我面前。

随着海浪的声音越来越大，我的心跳又平静了下来。海水拍打着沙滩，两条船还停泊在原处。埃弗拉姆停在了撒满窸窸窣窣的星光的森林边缘。

"你们待在沙滩上就不会有事。进入森林的话，你们可能会死得很惨。告诉楠，我希望她早日康复。她是个好孩子。是个充满希望的小小灵魂。"他说道。

"我们会转告她的。非常感谢您——"

"你说了太多谢谢。祝你们顺利找到附魔金苹果。"埃弗拉姆说完这句话便离开了。

我的世界 怪物小队 3 苦力怕之战

"真是魅力十足、彬彬有礼。"楚格嘀咕道,"不愧是埃弗拉姆。"

我们在月光下凝视着这几条船。一眼望去,看不清远处的海岸。贾罗很可能在那里建好了一处舒适的庇护所,正等着我们返航。

"那么,我们有两种选择。"我说道,"我们可以上船,试着寻找回到海岸的路。"

"我们知道海岸的方向吗?"楚格问道。

我凝望着海面一望无际的黑暗:"那边吧……"

"我觉得更像是这边。"蕾娜说道,轻微地指向了左边。

"好吧。今晚不划船了。"我放下镐头,揉了揉太阳穴,"我们不能砍树,我还把石头都留给贾罗建庇护所了。托克,你有多余的木头吗?能够建一扇门吗?"

他在口袋里翻找了一圈,点头说道:"没问题。"

我立马掏出钻石镐,走向沙滩与泥地的交界处——就在森林正前方——开始挖掘。"埃弗拉姆说我们不能砍他的树,但他没说我们不能自己挖一个庇护所。"

当我看见楚格已经拿起剑,准备就绪,紧盯着黑暗里的动静,便更加自在地专注于挖地了。这种感觉其实很不错。我知道该如何做,这种感觉是对的。如果出现什么烦人的东西,我知道小伙伴们会保护好我的。

在附近,托克修好了蕾娜的弓箭,然后开始建门。蕾娜很高兴重拾她的武器,站到了托克和大海之间,准备好保护我们不受任何可能从海底爬上来的东西影响。我微笑着。这让我回想起以前的时光，回想起我们第一次冒险的时候。也许，我们不能突破海底遗迹，但我们可以一无所有地生存下来。我们可以战胜陆地上的任何事物。当然，我们更愿意待在贾罗的舒适庇护所里，但知道他也很安全，这种感觉很不错。他也许也在担心着我们，但能舒服地躺在床上，有波比守着门，康多和克拉里蒂睡在他的脚边，打着呼噜。

我挖出了一处有史以来最小的庇护所，勉强够我们放下四张床。当我挖得很深的时候，楚格问我海水会不会涌进来，我便停了下来。

"我从没考虑过。"我说道。

"如果海水涌了进来，就意味着小岛是浮在海上的。它们能去到任何想去的地方，就像巨型的马一样！"楚格激动地说道。

"我觉得它们很可能是连着海底的。"托克说道，"因为它们显然不会漂走。我们应该离水远一点儿，谢天谢地。"

蕾娜坐到火把旁，把书摊放在大腿上。"不错的想法。"她说道，"我会加进去的。"

挖好庇护所之后，托克装上了门，我们跳了进去。庇护所很简陋，完成得很快，但功能俱全。我们掏出各自的床铺，插上火把，尽量让自己舒服一些。蕾娜递上一些鸡肉和土豆。我几乎没咀嚼完就躺下了。我这辈子从来没这么累过——也许，除了我差点儿被毒死的那次，或者，在海底遗迹地板上的时候……

但我现在不能让自己回想起那些事。

我们在黎明后的某个时间醒来，收起床铺，探出头来。我们的小船还在原处，沙滩上有很多烦人的僵尸和骷髅的脚印。

"很高兴我们没有尝试在星光下露营。"楚格说道。

托克收好他的门，我在挖的洞口填了一块土，以免埃弗拉姆觉得我们破坏了他的美景。吃了几口早餐之后，我们回到船上，楚格和我朝着海岸的方向划去，所谓的海岸，只是地平线上一抹绿色的光影而已。

"好吧。至少我们找到了埃弗拉姆，还得到了地图。"我说。

"啊，埃弗拉姆。真是令人愉快的名字。是多么风度翩翩、和蔼可亲的人哪！"楚格调侃道。

"他要是住在镇上，肯定能当上长老。"

"大长老！因为他本来就是创始人！"要是真正的创始人出现并主持大局……一想到老斯图的表情就让我忍俊不禁。

"嘿，那是什么？"

我看向蕾娜手指的方向。

我见到一番不可思议的场景。小岛本该是绿油油的，但这会儿是……

"火！"托克喊道，"贾罗的庇护所着火了！"

14

托克

我简直不敢相信自己的眼睛。

我期待见到一座用石头和木头搭建的漂亮庇护所、一处围场、微笑着在岸边挥手的贾罗,以及待在他身旁的,我的小猫和波比。

但我只见到了烈火翻腾的庇护所与空空荡荡的围场。

没有马。没有猫。没有狼。

没有贾罗。

这里一定发生过什么令人心惊肉跳的事。

"能划得快一点儿吗?"我问楚格。

"昨天差点儿没命呢,老弟。"楚格咕哝道,"我尽全力了。"然后他也看见了岸上的一幕,"哦,不!贾罗!"

玛尔抬起头,喘着粗气,全神贯注地划桨。

我的世界　怪物小队3　苦力怕之战

她的船停到我们旁边，蕾娜已经准备好了弓箭。不错。我很高兴她和我有同样的感觉。

无论岸上发生了什么，都不是意外。我们遇到敌人了。有可能是很多敌人。

我们将船停靠到沙滩，跳下船，拔出武器。楚格高举宝剑，朝着燃烧的庇护所飞奔而去。

不对——他正朝着草堆后面的不明物体跑去。

那是倒在地上一动不动的贾罗。

不过，玛尔比楚格的速度更快，率先抵达了贾罗身旁。她蹲下身，温柔地将他的身体翻过来。贾罗眨了眨漆黑的双眼，看清了我们，又看见蕾娜和楚格正在四周望风，才松了口气。

"贾罗，你还好吗？发生了什么？"玛尔问道，我奋力地想从口袋里掏出一瓶治疗药水。

"那东西不知从哪儿冒出来的。"贾罗答道。

"谁干的？"楚格咆哮道。

贾罗极力吞咽，瞪着双目。

"苦力怕头。"他小声说道。

这个词令我不寒而栗。

"什么叫苦力怕头？"玛尔问道，但贾罗只是眨着眼，摇着头，好像不能让自己说更多的话。

我走近一些，拔下药水瓶塞。"贾罗，张嘴。喝下它，你会感觉好许多。"他的嘴只张开了一点点，我帮他小心翼翼地喝下药水。然后，他能大口大口地喝了，身上的瘀青和伤口逐渐消失，剩下完好如初的古铜色皮肤和泪痕。

他喝完药水，意识到自己半躺在玛尔的大腿上，看着挺没面子的。他自己坐起身来，挪了挪位置，擦拭着他破损衬衫上的泥土。

"什么叫苦力怕头？"玛尔又问道，"它还在这儿吗？"

贾罗摇着头说："我不知道。我觉得它一直都在这儿。是它在跟踪我们。"他可怜地看向蕾娜，"你的感觉没错。当我们以为那是一只苦力怕的时候——它其实是一颗苦力怕的头。"

蕾娜环顾庇护所四周，一支箭已然就绪。"我和家人还住在一起的时候，我喜欢找机会说'我早就告诉过你'，但这一次，我讨厌这么说话。"她的注意力集中在贾罗身上，"你看见波比了吗？"

他低下头说："没有……你也许该听完整个故事。不过，你们还有食物吗？"

蕾娜和玛尔分发着食物，楚格则绕着庇护所走了一圈。他向玛尔要来一只桶，盛装海水来扑灭燃烧的木头，空气中的烟充满了咸味。我喊着小猫的名字，看见它们从附近的灌木底下跑出来，我叹出了全世界最大的感激之气。它们喵喵叫着冲向我，用头顶着我。我的心如释重负。遗憾的是，蕾娜也喊着波比的名字，但小狼却迟迟没有出现。

贾罗狼吞虎咽了几分钟，但空气里弥漫着紧张忧虑的气氛。尽管贾罗明显还需要吃更多的食物，但他还是擦了擦嘴，又坐直了一点儿。我们聚拢到他身边。蕾娜站在原地，背对

我的世界 怪物小队3 苦力怕之战

着大海,继续观望着。

最终,贾罗恢复得差不多了,给我们讲述了之前发生的事。

当贾罗谈到苦力怕,我想起了我们以前和它的一次近距离接触,想到第一次冒险的时候楚格差点儿被它炸飞。但贾罗说的故事越来越奇怪,甚至越来越恐怖。

"房门突然打开,我原以为是你们回来了。但我只看见一颗苦力怕头。起初,我没有注意到那不是苦力怕的身体。那一刻,我只看见了它的头。我吓坏了,趁它还没爆炸,我抓起斧头就冲去攻击它。"

我皱起眉头说:"苦力怕不会靠近小猫附近……"

"我知道!"贾罗哭诉道,"但你懂的,人在惊慌失措的时候,大脑会忘记各种事情!我能做的就是举着斧头冲向它,这样我就不会再被炸伤了。我没看见那只苦力怕手头有一把镐。它有一双手。它根本就不是苦力怕。"

"那它是谁?"蕾娜问道。

贾罗脸色阴沉地说道:"是一个身穿绿色斗篷,戴着苦力怕头的人。就是说,他杀掉了一只苦力怕,把它的头当成头盔来戴。这是我这辈子见过的最可怕的事了。"

玛尔把镐放在膝盖上。"他说什么了吗?"

"没有。"贾罗嘶哑地低声说道,"他什么都没说。我觉得他是个男的——我听见了他哼的声音。他一次又一次地攻击我。我可以听见他的哼声,但他没有说一个字。我一直问他问题——你想要什么?你为什么要这么做?你是谁?——但他都没有回答。波比拉扯着他的斗篷,我用斧头攻击了他几下。但苦力怕头十分凶残,个子比我矮,却比我强壮,也更加愤怒。"

他时不时地望向大海,下巴缩到了膝盖上。

"波比咬了他,当他们纠缠的时候,我跑了出来。夜里一片漆黑,但庇护所的房顶已经着火了。马也跑得不见了。我本想骑马逃跑,却只能待在原地,望着空荡荡的围栏。接着,苦力怕头从后面袭击了我,然后……"他低头看着双手,捏成拳头给了我一下,"我输掉了战斗。我以为自己没命了。估计我是从那会儿开始昏迷不醒的。"

楚格伸出手臂紧紧抱住他:"没事了,兄弟。我们也输掉了战斗。每个人都会遇到的。"

贾罗十分震惊地说道:"你们输掉了——什么战斗?我以为你们只是去寻找埃弗拉姆,你们要和他战斗吗?"

"我们发现了一处满是巨大刺头鱼的海底遗迹,它们用眼球发射泡泡激光攻击我们,把我们打得半死,但埃弗拉姆救了我们。他没有附魔金苹果,但他给了我们一张能找到其余附魔金苹果的地图。但是——呃,兄弟,我当时被困在水下迷宫里,任人摆布。所以不要觉得你有什么过错,如果那样的话,我们都会有相同的感觉,我不喜欢这样。所以不要自责。"

贾罗靠着楚格,我把克拉里蒂抱到贾罗的大腿上,小猫开始喵喵叫。有那么一会儿,我们就这样静静地坐着,感觉

我的世界 怪物小队3 苦力怕之战

昨日的繁重如同沙砾一般沉入我们的骨头。我们都很幸运。难以置信的幸运。

除了……

"也就是说,这个戴着苦力怕头的人还在附近某个地方?"蕾娜在我之前开口问道,"你知道他往哪个方向走了吗?"

"不知道。"贾罗在沙地上画出了一个马蹄的形状,"但你和我当初以为是苦力怕的时候,都见到了那些马蹄印。所以,我估计他就是这么跟踪我们的。他一定也有一匹马。"

我心头冒出了一个想法,我想要压制它,因为一旦说出来,我就会恶心。但我们是怪物小队,不会彼此欺瞒,也不会在还有一线生机的时候缄默不言。

"你们觉得会是奥洛克吗?"我问道,"或者是他的同伙?我们把他们关在了下界,这让我内心不安。我老是觉得,他们总有一天会出来向我们寻仇。"

贾罗站起身,抖掉身上的沙子,扭头看向一座小山丘的方向。"来看这个。"他向前走,我们跟着。

他给我们展示的东西超级可怕。

有人用肉色的下界岩拼成了"哈哈"两字,还在上头点了火。

"这是苦力怕头昨天干的。"贾罗说道,"我看见了火就来一探究竟,但我一来到这里,他就放走了马。当时,我寻思这也许是马儿自己踢开了栅栏,但我现在不得不怀疑,就是苦力怕头搞的鬼。"

"但为什么呢？"玛尔问道。

"为了恐吓。"蕾娜看着远方的平原说道，"他要与我们作对，要耍我们。"

"可他为什么要把我打倒呢？"贾罗小声问道。

"因为你在这里。因为你现在很害怕，我们现在也很害怕。我们知道这附近还有别人，他想让我们知道，我们对此无能为力。"

"你怎么知道的？"

蕾娜看向贾罗，仿佛在看一个大傻瓜。"因为我这辈子大部分时间都在被欺负。"

贾罗的脸唰的一下红了，蕾娜给他一个歉意的微笑。"以前不只有你欺负我，还有我的家人。我的哥哥拉尔斯经常拿我搞恶作剧，都是些不好的玩笑。难怪人们选他当城墙守卫。他总是一副趾高气扬的模样。"

"那我们该怎么办？"我问道。

玛尔站起身说道："首先，我们去找波比和马。它们可能还没走远。我们赶快把庇护所里能用的方块都抢救出来，储备一些鱼肉和这片区域的其他食物。按照埃弗拉姆的地图，附魔金苹果还要花好几天才能找到，这一路会让我们离聚宝盆镇更远。不管有没有苦力怕头，我们都得抓紧时间赶路。"

"不过，我们可以采取一些预防手段。"我说道，"我的意思是，我们不能完全变成埃弗拉姆，但我们也许能做出一些陷阱，让他在晚上很难偷袭我们。我一直在读埃弗拉姆送我的那

我的世界 怪物小队 3 苦力怕之战

本关于红石的书,我终于明白为什么我的机器以前不管用了。"

远处传来一声我们熟悉的狼吠声,蕾娜喜出望外。"波比!"她尖叫着跑过去。

其余的人也跟了过去,蕾娜喊着波比,波比对着蕾娜大叫,这番场景可爱极了。我一直期待着看到波比朝我们跑来,但迟迟未见踪影。但它的吠声越来越响亮,我们一定离得越来越近了。我比以往任何时候都清楚,我不是最擅长跑步的,很快我便气喘吁吁地落在队伍后面。

"等一下,那些是马吗?"玛尔说道。听见她也有点儿喘不上气,我释怀了。

一团黑棕灰的身影出现在高高的草丛中,波比全速奔向蕾娜,跳到她身上,欢快地叫着、跳着、流着口水。

"它一直在为我们看管着马。"楚格备受感动地说道,"尽管在我心里,狼永远没有猪厉害,但波比这个行为确实很酷。"

果然,我们的五匹马都在这儿,像看傻瓜似的看着我们。贾罗把它们聚到一起,毕竟他是养马的专家。我们骑着马回到庇护所。蕾娜骑在队伍最后,时常回头看看。我都担心她会因此扭伤了脖子。不过,我也有相同的感觉——一种持续的焦虑感,总觉得有人正盯着我们。如果贾罗说的话是真的——我不知道他有什么理由撒谎。如果他在撒谎,他又为什么要编造这样一个离奇而精妙的故事呢——那么就肯定有人躲在这里,很可能就在附近。他跟踪我们的唯一目的就是恐吓我们。

这是个令人不安的想法。

当然,回想起以前在聚宝盆镇的日子,我们每次到镇中心都要等着贾罗、艾德和雷米来偷袭我们。但与现在的情况相比,那些都是小儿科。我琢磨着,如果这个神秘人把我逼到绝路,苦力怕面具下面却是奥洛克——那个把我从床上绑走的强盗头子,我不敢想这会是什么感觉。我不寒而栗,牙齿直打战。

我不想被跟踪。

我也不想再被绑架。

而这就意味着,我必须想出一些非常非常酷炫的陷阱。

15

楚格

和我的好伙计贾罗一同坐在沙滩上钓鱼是相当惬意的。天空湛蓝,微风和煦,咬钩的鱼没有尖刺,不是独眼的,也没有射出泡泡激光。玛尔正在拆庇护所,托克在工作台上忙活着,蕾娜和波比正在放哨儿。有趣的是,一方面,蕾娜是个怪物猎人、眼神锐利的弓箭手,还有一匹被驯服的野狼陪伴左右,单枪匹马地保护着我们不受未知敌人的攻击。

但另一方面,在她父母和我们镇长老们的眼中,她只是一个举止怪异的小姑娘,和我的胳肢窝一样高,镇上的大多数人都叫她"疯子",把她当作一个笑话。

话说回来,镇上的人觉得我是个头儿大、嗓门儿也大的孩子,能砸碎一堵石头墙,虽然没人来询问我做的蘑菇煲是不是附近最好吃的，但我绝对是做得最好的。毕竟人不可貌相，士别三日也当刮目相看嘛。

说到"人不可貌相"的原因还有一个，就是你是个把死掉的苦力怕的头戴在自己脑袋上吓唬小孩子的怪胎。

贾罗已经乱作一团了。他每隔几秒就瞟一眼蕾娜，然后瞅一眼海滩，再看向眼前的浮标。鱼儿们不知道偷吃了他的多少饵料，但这些都不重要。他慢慢地找回了安全感。这也是我会待在他旁边的原因，试着传递一些令他冷静的信号波。我明白这种一惊一乍的感觉。还记得上次冒险，托克在床上被绑架，就在我睡觉的房间对面。从那之后，我在夜里都很难入睡，睡也睡得很浅。哪怕是轻微的动静都能把我从梦中惊醒，每次做梦都在逼迫我一遍又一遍地重温一些可怕的瞬间。

事物回归原样都需要花些时间。需要花费时间，以及采取精心设计的合理措施防止陌生人在我们入睡的时候闯入屋子。

我们又要回归那种模式了——自我保护模式。我不确定托克在他的工作台上敲打着什么，但当他需要实现某个目标的时候，他就能制造出一些十分酷炫的机器。这次合成的东西看着像几块奇怪的石板。但鉴于埃弗拉姆给了他一本关于红石的书，我敢肯定，这玩意儿肯定比石板有趣和危险多了。我弟弟既聪明又有才华，想出的点子总能让我大吃一惊。他在还没听说过工作台为何物的时候，就尝试着合成东西了，虽然并没成功。

"贾罗，鱼上钩了！"我指着他的鱼竿喊道，鱼竿都快弯

我的世界　怪物小队3　苦力怕之战

进水里了。

他吓了一跳，又回过神来，集中精力将鱼钓了上来。

"哇呀呀！晚餐又多了条鲑鱼！"我拍拍他的后背，把这条鲑鱼添进火堆。

"我甚至没察觉它上钩了。"他轻声说道。

"是的，你有点儿心不在焉。这很正常，没关系的。我替你盯着浮标呢。两个呆瓜总比一个好。"

这话似乎让他感觉好了一些，他又把鱼钩抛了出去。

玛尔拆完了庇护所，托克也合成好了材料，我给大家分发了烤鱼，并确保每个人都知道大部分鱼是贾罗钓来的。你几乎看不出我们来过这片海滩。我们走的时候只留下了脚印和一些混在沙子里的黑色灰烬。我依旧无法相信，这个戴着苦力怕头的人竟然把我们的庇护所给烧了。至少庇护所大部分是用石头搭的，所以我们只损失了屋顶的几块木头。

我们骑上马，玛尔查阅了地图后带领着我们往家的反方向走去。不知怎么回事，我的大脑有点儿迷糊了，找到埃弗拉姆已经不再是我们这次冒险的主要目标。我们还是得拿到附魔金苹果才能治好楠。我们差点儿在海底遗迹丢了性命，根本没有实现什么目标！我们只是做了一个错误决定，并且很快就被提醒，主世界还有人会找我们麻烦。

我们沿着海边骑行，要不是我们一直在四处张望，寻找一颗盯着我们的苦力怕头，这将是一次愉快安宁的骑行之旅。蕾娜在最后，我知道她觉得自己对贾罗的遭遇负有部分责任。

她知道我们被跟踪，但是……谁能预料到会发生这种事呢？你无法预料到以前没有发生过的事。我们以前被许多怪物袭击过，但绝不会像这个一样。克罗格会派灾厄村民追杀我们，还朝我们投掷药水，但他从未拿着斧头冲过来砍我们。即便是绑架托克的那帮人，也没有伤他半根毫毛。

当我想到如果再次遇到这群人，我会怎么做——

好吧，我不能太激动了。我需要保持冷静。为了贾罗。

今天过得挺轻松的，没有遇到什么新鲜的或是可怕的事情。我们在草地上发现了很多羊，这意味着晚餐时可以大快朵颐了。此外，我们还找到了一张床，用来替换被苦力怕头砍碎的那张。我们甚至还发现了一些野生南瓜，一想到可以做南瓜馅儿饼我就直流口水。

我们必须比往常更早停下来，因为我们得建一座更坚固的庇护所——托克还要布置他设计的什么陷阱。托克给玛尔小声说了些什么，她便开始建造一堵朝向大海的石墙，比我们往常的庇护所的围墙要长两倍。我没有发出疑问，因为——说实话——他俩都比我更聪明，跟我解释这些只会浪费时间。蕾娜拿着弓箭在附近巡逻，专注于发现所有不该出现在海洋区域的东西——因为我们知道了苦力怕头之前骑着马，可能现在还正在跟踪我们。

贾罗开始搭建围场，但托克让他先停手。贾罗问起原因，托克只是笑着让贾罗先暂时把马儿们聚到一块儿。

我生火做饭，但玛尔叫我去给她帮忙。建筑不是我的强

我的世界　怪物小队3　苦力怕之战

项,但我们也不是要争取"反苦力怕头紧急庇护所最佳建筑奖"。她只是递给我一堆石头,让我继续砌墙,我听话照做。事实上,这活挺有意思的,让我想起了我和托克在新聚宝盆镇为我们的房子和商店选址和建造时的兴奋感。玛尔给了我们石头,但由我们自主设计。哪怕只是因为我添了更多窗户,安置了几只宠物,还挂上了盔甲和武器做墙壁装饰,也比我俩一块儿长大时住的农舍好太多。

我能看出庇护所的大致样貌了,我很费解,因为它至少比我们以往建造的要大一倍。我们冒险的时候,满脑子想的都是多快好省地建庇护所,从没有建出过这么大的。

接着,我把前因后果联系起来就弄清了缘由,也就说得通了。

玛尔和我砌好墙之后,她让贾罗把马带进去,用栅栏板将它们圈起来。当他意识到苦力怕头不会再吓到马儿们了,我能看出他脸上释怀的表情。不过大家的气味就可能没那么友好了——五个疲惫的孩子和五匹劳累的马,还有一匹狼。但话说回来,我还曾抱着一头猪睡觉呢,所以我就没那么敏感。玛尔和我搭好房顶,马儿们抬头瞪大眼睛看着我们,发出紧张的声音。

"别担心,梅文。"我告诉我的马,"我不会掉落东西砸到你的。但愿吧。也许会扔胡萝卜给你。"

接着我确实扔了一根胡萝卜给它,否则就会让它的希望落空了。

我们在庇护所里安放好床铺,在墙上和地面上放上火把,让这里有家的感觉，也防止敌对生物靠近，之后我们便到外面坐了一会儿，一边吃着晚饭，一边望着日落。我能感受到弥漫在我们之间的紧张气氛，大家的眼神飘忽不定，都缩着肩膀。我们都在等待苦力怕头的袭击。可怜的贾罗看上去像一只紧张的兔子。我把自己的一块馅儿饼送给他，这似乎让他稍微冷静了一点儿。至少，在这几分钟内，他看馅儿饼的时间比他看肩膀的时间长。不过，他倒是没怎么咀嚼就咽了，难怪他的肚子老不舒服。

黄昏时分，我们都进入庇护所，除了托克。他就在敞开的门外布置着什么东西，把它放在地面，接着铺上石板。

"你在做什么，弟弟？"我一进门就问他。

"别来外面。"他警告我说，"一步都不行。如果我能让它顺利启动，就能保护我们的安全了。"

"那么……你觉得能让它顺利启动吗？"

这话听起来可能没有完全支持他的意思，但却是个合理的问题。托克在创造新工具和机器的过程中，炸毁过我的床，烧掉过我的腿毛，有一次还把餐桌上方的屋顶给弄塌了，糟蹋了一个非常漂亮的蛋糕。

"就快成功了。"他说道，语气十分肯定。他跳进庇护所，把一扇厚厚的金属门填入剩余的空位。"是铁。"他敲了敲它，它听起来像是迄今为止最坚固的门了。

玛尔从床上看过来问道："那么它怎么才会启动呢？"

托克抱着小猫扑通一下坐到床上，笑着说道："如果苦力

我的世界　怪物小队3　苦力怕之战

怕头没来找我们麻烦，就什么都不会发生。但如果有人试图破门而入，他们会得到一个巨大惊喜。相信我——只要我们都不出门，那就绝对安全。"

波比仿佛明白托克的发明并不总是第一次就能成功，所以它离开蕾娜的床脚，卧在门口，以防不测。

我们安下心来，这是我在主世界冒险时最喜欢的一个环节。我们度过了艰难的一天，身心疲惫，也饱餐了一顿，现在特别安逸自在。我喜欢所有的好伙伴都在同一个房间的感觉，毋庸置疑，他们都安然无恙。托克的床总是挨着我的，他的小猫分别躺在他的两侧，从他轻易入睡的行为来看，他对自己今天的设计信心满满。他的自信也给了我信心。我刚准备睡觉，就听见一旁传来了最为轻柔的鼻息声。

我转过身去，在火把的照明下看着贾罗的背影。他面朝墙壁睡着，他的后背在颤抖，因为他在竭尽所能地安静地哭泣。

即便伴有马儿轻轻的哼声与蹄声，也并不意味着你能够在夜晚的石头庇护所里默不作声地干任何事。

"嘿，伙计，"我低声说道，"你还好吗？"

"不好。"他压着声音说道。

"晚饭的鱼有那么糟糕吗？"我问道，试图缓和气氛，"没煮熟的海鲜确实会让有的人上头。"

"别说了。拜托了。我已经够蠢了。"

我叹息道："我以为让我自己看着更蠢会对你有所帮助。"

他微微笑着说:"好吧,那你不用太过努力装傻。"

这话令我发笑,内心明白他正为此感到骄傲——而且他的话不是认真的。"贾罗,我的兄弟,听着,有人今天想要夺走你的性命。发生这种事之后,魂不守舍很正常。"

"我知道。我是说,我不会觉得这有什么不正常,也知道陷入悲伤无可厚非。但是……"贾罗颤抖着吸了一口气,"这就是问题所在。我不觉得苦力怕头要——夺走我的性命。我觉得他只是想吓唬我。我没有还击——我做不到。我只是缩成一团,直到一切结束。我觉得,这也许是一个警告。这也是让我感到如此沮丧的原因。这太随机了。"

"'随机'是恐怖的。"蕾娜轻声说道,"跟僵尸或者骷髅作战能说得通,甚至跟强盗战斗也情有可原。但你如果不知道对方行动的意图是什么,就无法知道他们的下一步计划,也就无法知道如何阻止他们。"

"我本以为自己这次做好了充足的准备。"贾罗说道。

我轻哼一声道:"是的,我也一样。不过我错了。你被一个穿着奇装异服的人打败了,我被一条独眼鱼打败了。"

"情况在变。"蕾娜说道,"你无法阻止它。你只需要弄明白该如何前进。我曾经认为我讨厌变化,但随后发生的所有变化都是为了有更好的生活。离开矿场,离开我家,继续各种冒险,遇到波比,遇见楠。这一切变得好了许多。但你不能指望事物一成不变。每一次冒险都会有所不同。"

"但要拿苦力怕头怎么办?"对于一个大块头而言,贾罗

我的世界 怪物小队3 苦力怕之战

的声音现在听起来十分渺小。

"就像其他事情一样,我们一起解决它。"我说道,"晚上有托克的陷阱保护我们,白天有蕾娜帮我们放哨儿,会没事的。我们不会再丢下任何一个人了。"

我听到另一边传来的吱吱声。托克抱起克拉里蒂走下床,将它抱到贾罗胸前。

"猫能赶跑苦力怕。"他半梦半醒地说道,"抱着小猫睡觉吧。我们有人度过了疲惫的一天。"

贾罗忍俊不禁,但只是轻微一笑。他不想吵醒已经在打呼噜的克拉里蒂。沉浸在小猫的呼噜声、马儿轻柔的咕噜声、伙伴们缓慢而有分寸的呼吸声中,我很快也睡着了。但一整晚,我似乎仍处于高度戒备的状态,等待着什么事情发生,但安然无事。如果苦力怕头靠近房门的任何地方,我敢肯定波比会叫破脑袋的,然后我们就会听见托克的陷阱突然启动。

但这一夜十分宁静,也无事发生。早晨醒来,托克让我们待在屋子里,他第一时间去回收陷阱。不管那是什么陷阱,当我跌跌撞撞地走出房门,迎接灰蒙蒙的清晨的时候,那玩意儿已经没了。蕾娜拿着弓箭,在庇护所四周绕了一圈,没发现任何表明苦力怕头来过这片区域的痕迹。我们吃了早餐,我帮玛尔拆掉了庇护所,接着我们便骑上马离开了。建造一个能容下五匹马的巨大庇护所是一个相当聪明的主意。我知道,如果小家伙在这儿,它肯定也会睡到里面。

玛尔告诉我们,按照地图所示,我们要沿着海岸线走很长的一段距离。我们预计会在两天内抵达要找的洞穴。我在马鞍上坐稳，这一整天都得坐在上面。我考虑让托克发明一种马鞍垫，或者能附带枕头的盔甲。

午餐时，我们停下来快速地吃了点儿东西。但我能看出时间的问题影响到了玛尔。她的楠也许已经——好吧，我也许不会说出口，但我们知道楠不可能一直坚持下去的。马奔跑的速度很快了，我知道步行要花上十倍的时间，但我们都感觉不仅是在赶路，也是在被人追赶。这并非一趟轻松的旅途。蕾娜大部分时间都在回望，我都怕她的下巴粘在肩膀上了，就像我老妈总是说，如果我一直在餐桌上做鬼脸，我的脸就会永远变成那副模样。

午后的天空延展开来，依旧灰蒙蒙的，但有阳光从云层中透出来，海水在我们的左边熠熠生辉。有趣的是，几天前我还从没听说过"海洋"，而现在它只是那一大片延绵不绝的东西而已。如果我盯着太远的地方很长时间，我就会开始幻想一些东西——陷进沙里的大船、恐怖的海怪、像塔一样的古怪的黏稠玩意儿。

但后来我发现一件十分荒谬的事情，我知道压力和臀部疼痛一定会找上我。

"嗯，你们看见这个了吗？"我揉了揉眼睛说道。

"看见什么？"托克问道，"我一直在胡思乱想。"

我指向大海。

"在那座岛上——那些是……牛吗？还是蘑菇？！"

16

贾罗

楚格说的两样都没错,我现在很困惑。天雾蒙蒙的,远处有一个岛屿,上面长着比房子还大的红色蘑菇,我也很确定我听到了悲鸣般的哞哞声。

"我们能停下来吗?"蕾娜问道,自从她开始怀疑我们被跟踪以来,她第一次显得兴奋,"我得画些素描,那些牛看起来真的很奇怪。"

"我可以采一些蘑菇来炖煲。"如同触发了机关,楚格的肚子咕咕叫起来。不过话说回来,他的肚子总是在咕咕叫。

"如果那是一种新的生物,还得考虑它能不能繁殖。"我说道。因为——是的——我总想着在家里打造一个动物王国。

玛尔看向远方,海洋和草地似乎望不见尽头。"我们不该去那儿。我们每多浪费一点儿时间,楠就多受到一些病痛的折磨,也更接近——"她摇着头说道,"我们得抓紧。"

"但是……楠不希望我们停下来吗?"蕾娜说道,"她在世上最爱的事就是听闻新的发现。她总说'没有冒险,就没有收获'。"

没错,我曾听楠这么说过。虽然玛尔是楠的后代,但蕾娜是楠的助手,而且大部分时间都和楠待在树林里的小屋内。

"她要是死了,就无法听闻新的发现了。"玛尔说到"死"字的时候,声音沙哑,眉头皱了起来。

"如果那里有新的植物或药水呢?"楚格用手遮住眼睛说道,"也许那座岛上藏着一个装有附魔金苹果的箱子。谁知道呢?"

玛尔叹气道:"一厢情愿的想法。我们有地图,只需要按图索骥拿到苹果。"

"很快就能回来。"楚格乞求道,"我只是有种预感,这地方很值得一探究竟。"

"楠也常说,跟着直觉走。"蕾娜补充道。

玛尔皱着眉头看向那座岛。"真的要很快就回来。"她终于开口道,"我们需要在夜幕降临前赶更远的路。探索回来之后,我们得快马加鞭。"

楚格在马鞍上晃了晃:"这是我的屁股愿意做出的牺牲。"

我们下了马,给马匹围起了栅栏。我们只有两条船,而且不愿浪费时间再造一条,所以必须得考虑谁能划到那座神

我的世界 怪物小队3 苦力怕之战

秘小岛。蕾娜必须去,这样她才能把所见所闻记录到书里;玛尔应该去,因为我们肯定听见了牛叫声,而她就是在奶牛场长大的;楚格想去,因为他喜欢可爱的动物,也是我们的蘑菇煲大厨。就剩托克和我了。

"你应该去。"托克说道,"只有你会驯服马儿。如果遇到了什么新的动物,你也许会对它有一种亲和力。"

"难道你不想去吗?我不知道……"我瞥向楚格,托克也完全明白我的意思。

"替我照顾好哥哥,可以吗?如果碰上一头凶猛的奶牛,别让他有要去拥抱的意图。我宁愿待在这里,尝试酿造我刚记住的这种新药水。"

"苦力怕头怎么办?"楚格说道。我很感谢他这么说,因为这是我最关心的问题,但我又不想过多提起这事,显得我像个懦夫。

托克向草坪望去,那里平坦而空旷,拂动的绿草绵延数里。"他无处可躲,你们也不会离开很久。我有波比放哨。我自己也不是没有防御手段。"他从口袋里掏出一把剑,从另一个口袋掏出一瓶看起来很邪恶的蓝灰色药水,"我没事的。只要他不偷袭我——他做不到——我就没事。现在,我们都知道他的存在,可以提防他。惊喜感已经没了,他就是个戴着哑巴面具的浑蛋。"

我和楚格一起踏进船,并肩坐下,我很高兴能参与其中,也很高兴能离苦力怕头远一点儿。让我还是难以置信的是，自己拥有一项宝贵技能，大家会因为这项技能而希望与我同行。老妈总说我一无是处，做什么都是错的。但现在我的朋友们觉得我能做一些他们做不到的事，这使我喜出望外。而且我还真能做出点儿贡献，不再只是给怪物小队拖后腿了。无论他们多少次提醒我，我是小队的一员，我是他们的朋友，都很难平息一直萦绕在我脑海里的尖酸刻薄的声音——他们总有一天会意识到你是个骗子，会直接把你踢出他们的圈子。

我以前从没坐过船，我承认自己有点儿晕船。楚格划着桨，我透过闪耀的松绿色海水向下望去，看到各种有趣的生物在水下忙活。我留心观察着是否有楚格警告过我的"独眼刺头鱼"，但我只看见了鳕鱼和鲑鱼，还有在斑驳阳光照射下的湛蓝海水里闪着亮光的五彩小鱼。如果我的早餐没威胁到我必须坐回到船里，不再探出头去，那该多好。

我们靠得越来越近，小岛从一种虚无缥缈的朦胧，变得越发真实，甚至十分诡异。要不是亲眼所见，我觉得简直不可思议。陆地从水中腾空而起，如同泥土做的台阶，巨大的或红或棕的伞盖形状的蘑菇随处可见，大如巨树。有几头牛在其中游荡，包括一头十分可爱的小牛崽，但它们长得不像玛尔家里的奶牛。在我把马误认成牛之后，她还把我介绍给她家的牛群，让我看着像个大傻瓜。不过没错，我的确更喜欢马，而不是牛。但我不会对玛尔或者她的牛说这些。

但这里的牛不是棕色的——它们红色的身子上长着白色的斑点，鼻子黑黑湿湿的，还有……

我的世界　怪物小队3　苦力怕之战

哦，哇！

它们的背上长着蘑菇。

"蘑菇牛！"楚格一边划船一边欢快地叫唤道。

"我想叫的是'哞菇'。"蕾娜说道。她已经开始描摹了。

"但蘑菇牛叫起来更有趣嘛。"楚格争论道。

蕾娜做鬼脸说道："不好意思，楚格。我已经写下来了，就叫哞菇。我还是用钢笔写的，所以不能随便更改。"

楚格噘起嘴说道："哦。我本来要叫这些小牛崽'蘑小牛'的。"然后，他小声地对自己说，"我还是要叫它们'蘑小牛'。让我看看你的钢笔怎么阻止我。"

我们的船被风刮上了小岛，我们跳下船来。哞菇，哇，这名字念起来真是朗朗上口，它们似乎并不在意我们。而后我注意到，每一头哞菇都在后面盯着我看。我驻足一分钟后才意识到，它们正等着我迈出友谊的第一步。我的口袋里总会有小麦，因为我养马，所以我掏出一把小麦递给了最近的一头哞菇。它哞哞叫着，慢悠悠地走过来吃我的小麦，用头蹭着我。我拍了拍它，抚摸它的后背。我仍然不敢相信，它的皮肤上竟然能长出蘑菇。楚格尽可能快速而不具威胁性地靠近我们，一边摸着哞菇，一边傻笑着。小哞菇一路小跑过来，睁着大大的眼睛好奇不已。很快，楚格便四脚朝天躺在地上，其中一头小哞菇站到了他的肚子上。幸运的是，它们的父母似乎并不在意。

"是的，这也许就是另一种奶牛吧。"玛尔说道。

在楚格沉湎于哞菇的依恋之中时,她已收集了一堆蘑菇,并四处游荡,直到发现一处适合采矿的地方。

"就五分钟。"她警告式地说道,然后用镐开始挖。

蕾娜坐下来,靠着一根蘑菇柄,在本子上又画又涂的。我觉得自己也需要做些有用的事,一些和动物有关的事。于是,我的脑海里浮现的是……好吧……母哞菇。

"嘿,玛尔,有桶吗?"我问道。

"一直都有。"她扔了只桶给我,我走近遇到的第一头哞菇,它还沉浸在得到小麦的喜悦之中。我以前从没给牛挤过奶,但我见玛尔挤过,看起来并不难。

很快我便挤满了一桶牛奶。说实话,我很讶异——甚至也许是失望——挤出来的不是蘑菇汁,也不是什么奇怪的液体。

"啊,是牛奶!"楚格的话和我想说的一致。

"但牛奶很有用。"玛尔说道,肩上扛着镐头,脸上带着微笑,"我身上装满了。贾罗,你能拎牛奶吗?我们该回去了。"

"但是——"蕾娜开口道。

"不说但是,找不到女巫房子的。"玛尔说道,"我们得走了。等楠的身体好转了,我们可以改天再来。"

蕾娜不情愿地站起身,同时还在画画。楚格从一群"蘑小牛"之中挣脱出来,加入我们的队列,浑身沾满红毛。我们沿着小山丘回到沙滩的时候,听见了让我毛骨悚然的声音。

托克。

在尖叫。

我的世界 怪物小队3 苦力怕之战

"托克!"楚格怒吼道。他跳上船,准备撇下我划走,但玛尔在他把船推进水里之前先跳了上去。这也许是最佳的组合——如果遭遇险境,她比我能打多了。

我上了另一艘船,拿起船桨,蕾娜坐在我的对面。她把本子放进口袋,掏出弓箭,面向对岸,身体前倾,似乎她能通过纯粹的意志使船加速。

我以前从没划过船。但同样地,一看就会,即便很累。楚格已经遥遥领先,但我也使出了吃奶的劲来划船。我听见了一声托克的尖叫,再无别的声响,这不是什么好兆头。我很肯定,我和苦力怕头对峙的时候,我一直都在叫唤,希望我的朋友们能听见我的声音,能来救我。

沙滩进入了视线,然而……哦,不。

托克不见了。

他的工作台和酿造台还在原位,但人不见了。波比也不见了。

马儿还在围场里,紧张地跺脚嘶鸣着。小猫们则坐在托克的工作站旁,甩动着尾巴,平淡地喵喵叫着,仿佛十分困惑。

"苦力怕头带走了托克!"楚格怒吼道,"我要扯掉他的脑袋!他的苦力怕头和他真正的头!然后,我要——再去撕掉别的东西!"他跑到草地上,拔出宝剑,大喊道:"把他带回来!打我啊!你这个浑蛋!"

"等等。"蕾娜指着沙地上说道,"我只看见了一串脚印。如果是苦力怕头绑架了托克——如果有人绑架他的话——就会有混战的痕迹,至少会有多个人的脚印。但这些印子都是托克的靴子留下的。"

"这些小猫还都很平静。"我说道,努力为眼前的事物寻求一个合理的解释,"马儿们很紧张,但它们没走丢。而且,马儿们大多数时候都很紧张。"

蕾娜吹哨儿召唤波比,我们听见远处传来的吠声,却没见着小狼的踪影。玛尔正在楚格身旁,他俩在草地上分散开来,像是要寻找蜷缩在草地上睡着的托克,也可能是发现苦力怕头把他装进箱子里带走了。蕾娜和我也跑进了草地,但什么也没看见,没有燃烧的文字,也没有被摧毁的庇护所,只有一个失踪的男孩儿和一个谜团。

"那是什么?"蕾娜指向某种跑过绿地的动物问道。

"一匹马?也许吧,"我眯着眼看着,"但速度比马快。"

她从口袋里掏出书来,认真地翻阅:"也许,是一只豹猫?但它们生活在丛林里,而不是草地上。而且这只要比豹猫体形大。"

波比叫了起来,这次的声音更近了,接着我们便看见它蹦着穿越草地朝我们跑来。它的舌头耷拉着,像是在笑,不像是刚和苦力怕头发生了苦战。

"托克在哪儿?"蕾娜问她的小狼。

"呜呼!"波比回应道,激动地跳起来。

蕾娜叹了口气:"你总是这个答案。波比,去找托克。"

波比转过身,朝草地深处跑去,回头兴奋地冲我们吠着。

我的世界　怪物小队3　苦力怕之战

"那是她的'来和我玩'叫声。"蕾娜说道,拉下眉毛,"绝不是她的'出事了'叫声。"

我们循着声音向草地深处走去,手里都拿着武器。我能感觉到心脏怦怦直跳,手也紧紧地握住我的金斧手柄。如果苦力怕头再冲向我,他不会毫发无损的。无论他对托克做了什么,我们都会让他付出代价。我很害怕,但在怪物小队的环绕下,为了拯救我们的自己人,我拥有了继续前进的力量。

"呜呼!"有人喊道。我们刚才见到的那只来回奔跑的动物一溜烟儿地朝我们跑来。

我们都进入了防备姿态,蕾娜仔细瞄准,射出一箭。

"噢!噢!什么?为什么?"

前面的人是托克,肩头上插了一支箭。他喘着粗气,满头大汗,看似我们刚毁了他的生日聚会。蕾娜吓坏了。"我的天!托克!我很抱歉!我们刚看见有东西正飞速跑向我们,我以为是苦力怕头,或者是一只速度极快的苦力怕,或者——"

"那是我。你射中我了。"他简明扼要地说道,拔出了箭还给蕾娜,露出了一个狡猾的笑容,还说不会让她好过的。

蕾娜递上两块曲奇,托克立刻狼吞虎咽地吃了下去,伤口逐渐消失。他叹了口气,试着动了动肩膀。

"解释一下吧,弟弟。"楚格说道,试图装严厉却很失败,因为他很庆幸自己的弟弟安然无恙。

托克把手伸进口袋,拿出一瓶药水,向大海的方向走去。

波比在他身边嬉闹,咬着他的脚后跟。

"我做出了我们小镇需要的大部分药水。"托克解释道,"无聊的玩意儿。如你所知,原料很难获取,我不想浪费它们。我们比任何时候都需要治疗药水,所以我把时间和资源都花在了这上面。但我记得我的某本书里有迅捷药水的配方。我想,如果我们把它用到马匹身上,我们的行进速度就能翻倍,也许就能更快地治好楠。但我必须测试一下。"他咧嘴笑着,"所以我在自己身上做了个测试。"

楚格对他使用了"拥抱攻击"。"你这个厉害的白痴!愚蠢的天才!你不该拿自己做测试。但我的天哪!你的速度能如此之快!我真为你感到骄傲!也为你感到生气!"

托克幽默地接受了这个拥抱。"好吧,我并不打算把它用在宠物身上。此外,这东西很有趣。我的速度从没如此快过。"

"还记得那次我们学校举办的运动会吗?你被什么几乎看不见的东西给绊倒了,还摔伤了鼻子——"楚格清了清喉咙,"然后让我保证不再提这事。"

"我记得。"托克慢慢说道,挑起了一边眉毛,"但我现在明白为什么人们喜欢跑步了。我已经布置好了药水,所以我们可以直接倒在马匹身上,它应该十分有助于节省我们的时间。"

"我很高兴我们不必给它们喂食了。"我说道,"它们往往会流很多口水。"

我的世界　怪物小队3　苦力怕之战

　　我们回到沙滩的时候,如释重负。这里的一切和我们离开的时候一模一样。从昨天开始,就没人见过苦力怕头的踪迹。也许,打败我已经让他心满意足,也就不再折磨我们了。

　　这是个不错的想法,但我知道这并不可能。

　　苦力怕头还潜伏在什么地方,等待着——而且,我们不知道他目的何在。

17

蕾娜

迅捷药水的效果出人意料。世界在一片模糊中飞驰而过,我意识到,苦力怕头就算骑了匹马,也没法儿追上我们了。

左手边是大海,我们都盯着右手边有无任何异常情况。可喜可贺,我的直觉没错——我们确实被跟踪了,还不是被猪、狼,或者其他愚蠢又饥饿的怪物跟踪,而是被一个企图伤害我们的人跟踪了。他如果不是要杀害我们,也是出于自己的某种理由。"哈哈"二字并不能透露有关暗地里的敌人的任何动机。至少我现在知道了要寻找的目标——苦力怕和马。至少我们现在的速度要比跟踪者快许多。当然,这并不意味着我们可以放松警惕,一秒钟都不行。如果有东西出现在我的视野里,我会先射箭,再提问题。

我的世界 怪物小队3 苦力怕之战

可是刚刚——哎呀,我很高兴得到托克的原谅。他甚至没有怪罪我。

但无论如何,我还是对此感到抱歉。

但这并不是说,如果再回到当时的情况,我会做出不同的选择。

我前面的马有点儿搞笑,它们的腿在倍速摆动,我的朋友们也跟着一蹦一跳的。托克也得给波比做瓶药水。她喜欢在草地上赛跑,一边咧嘴笑一边吐着舌头。托克的小猫在他的肩膀上,我并不羡慕肩膀被它们的爪子抓紧的感觉。他也许会为自己发明一套"猫咪盔甲",在肩膀上套个皮垫,专门用于让小猫抓紧。

我们径直朝着崎岖深灰的山脉前进。天越来越黑了,太阳在云层间若隐若现,草地上的光影变幻不停。我时常扭头回望,没看见苦力怕头的踪影。

那一晚,玛尔让我们早一点儿停了下来,在海岸边搭起了有上次两倍大的庇护所。我们如果再加把劲,也许今晚就能抵达山崖边——但那样就没时间挖庇护所了。在正前方,我能望见大海的尽头,山脉的开端。我很高兴我们能在美丽的蓝色海水边再睡一夜,聆听带浮沫的海浪拍打沙滩时唱出的歌谣。这里的景致与家乡截然不同,但却能让我的内心感受到前所未有的平静,仿佛正是因为海水不停地流动,我的心灵也终于可以停歇下来。我们跳下马,转头开始处理各自的常规工作。玛尔和楚格一同建造庇护所,贾罗负责看管马匹。

托克往常会在工作台，但我猜这会儿他的口袋里装满了各种玩意儿，他一定对自己在门外布置的陷阱也十分满意，因为他向楚格借了鱼竿，开始钓晚餐食材了。

我现在跳下了速度被强化的坐骑，也就感觉世界移动的速度变慢了许多。另一边，药水对波比的影响还未消退，它像蜜蜂一样蹿来蹿去，恐吓草地上的兔子，折断路上的鲜花。我备好弓箭，在我们营地四周沿弧形路线巡逻，全身心地投入警戒。我走到远处的时候射倒了一只羊，但没听到或看见任何令人担忧的事情。这样的情况更糟糕——以前，我知道我们被人跟踪，但现在我没了这种感觉。最有可能的是，多亏了迅捷药水，我们把苦力怕头远远甩在了后头。但如果他也在这儿，他可能会更加努力地保持隐蔽，我们就依然被监视着。

远远地，我听见玛尔在叫我的名字。波比和我完成侦察任务返回。我把羊毛交给托克，以便下次需要时做一张新床，并把羊肉交给楚格，因为他是我们最棒的厨师。现在，他已经备好了几种鱼肉，热气腾腾的，还有几碗蘑菇汤。我和伙伴们围坐成一圈，但我的位置背对着大海，这样方便我看清草地的情况和任何试图接近我们的东西。贾罗和托克总是一惊一乍的，但我一点儿也不怪他们。

太阳落山时，我们把马牵到庇护所内的专属位置，并排摆放好我们的床。托克到外面布置他的陷阱，并提醒所有人不要再踏出一步。我蜷缩在毯子里，回想以前的事，那时我和我的两个姐姐同居一室，我确信自己能听见隔着墙传来的

我的世界 怪物小队 3 苦力怕之战

抓挠和呻吟声,而我们的房子就背靠着聚宝盆镇的围墙。现在我知道了,可能是那天夜里僵尸在墙外游荡。但在那时候,我的姐姐们却嘲笑我的想象力过于丰富。

不过,我从没听信她们的话。我感觉别人告诉我的很多东西都是错的,至少不认为是正确的,所以我从来都不是问题少女,我只是听从内心,不人云亦云。每当墙外噪声特别大的时候,我都会带着自己的毯子和枕头,睡到床底下。

现在我再也不用这么做了。我知道外面的僵尸进不来,也多亏了我们每次都会在庇护所里小心地插上火把,僵尸就不会在这里生成。我们现在特别安全。

那我为何还是会想睡到床底下呢?

并不是说我真的会这么做。因为这里的地面都是泥土,不像家里惯用的石头那样舒适。泥土就是太……脏了。有些质感是我不喜欢的,这就是原因之一。

我在床上睡着了,波比也终于放慢了动作,在我身边轻柔地呼吸着。然后,我被一个无法立即辨清的声音吵醒,接着波比疯了似的冲着房门大叫。

"我的陷阱!"托克说着,从床上跳了起来,"拿上你们的武器!"

我抽出弓箭,玛尔和楚格的手里各执一把剑。贾罗缓了一会儿才想起自己有把斧头,虽然他内心害怕,但还是和其他人一样站在了一起。托克手持着剑,蹑手蹑脚地走到门口。我抓住波比的脖颈,把它从托克的面前移开。托克示意楚格,需要在开门的时候准备好剑。楚格点着头，缓缓前进，头盔下的脸色令人生畏。

托克竖起手指，三根、两根、一根，然后推开房门。

外面的一幕匪夷所思。

一只羊一动不动地站在我们庇护所的外面。

等等。不对。

并非一动不动。

它只是在非常、非常缓慢地移动。

奇怪的灰色小圈在它四周的空气中晃荡，托克放在门前的石头上有碎玻璃。

"这不是好事。"楚格低声说道。

"我是说，有比羊更糟的事。"他说道。

"嘘，待在里面。"

托克跃过那块满是玻璃的石头，把它装回口袋。"这是块压力板。"他说道，"如果有人试图从外面打开我们的门，压力板就会激活两瓶缓慢药水。如果苦力怕头试图伤害我们，他就会变得和那只羊一样慢。"

我们看着那只羊，它几乎没有移动，脸上满是惊恐，仿佛在无限缓慢地说着："咩——啊——啊——啊——啊！"

"所以我会听见陷阱触发的声音，我们就会跑到外面。苦力怕头——或者其他入侵者——就会很容易地被抓住并绑起来。"

"我还是不理解为何你如此讨厌羊。"楚格说道。

我的世界　怪物小队3　苦力怕之战

托克对着他的哥哥摇了摇头说:"因为羊不会自己走到庇护所门口。我估计苦力怕头知道了压力板和红石,或者猜到了门口设有陷阱,所以他把羊放到这儿来触发陷阱。"他四处张望,紧张得像只兔子,"这就意味着他可能还在附近。"

楚格在玛尔的陪同下冲到门外,我也带着弓箭冲了出去。外面一片漆黑,唯一的声响便是海浪无尽的涛声。夜晚云层密布,没有月亮,也没有星星,所以我几乎看不清任何东西。苦力怕头可能就站在二十步之外,而我们却不知道。

"波比!"我喊道,"闻到什么人了吗?"

我的狼嗅了嗅空气,兴奋地跑了几步,然后意识到自己失去了"超级速度",沮丧地叹了口气。它嗅了嗅羊,沿着一条小路走进黑暗中,又带着失望的表情回来了。

"给我看看那条小路。"我问道,但它只是伤心地甩了甩尾巴,像是在道歉,"我没理解。它应该闻到了什么,但不愿意跟上它。"

"那么它可能有自己的理由。"托克进入了思考模式,眼神空洞,他的剑毫无用处地挂在身侧。我们很了解他,所以可以给他时间和空间,但这时附近传来一阵呻吟声,我脖子后面的头发都竖起来了。

"我们回到里面。"玛尔说道。

"是的。我可以处理这只送上门的羊,但我不想要一袋腐肉。"楚格说道。

我们回到庇护所,关上房门,但没人回到自己的床上。

我们聚在门边,马儿们因为被吵醒而愤怒地跺脚和打喷嚏。事实证明,马不适合当室友。

"我应该多布置几个陷阱——"托克开口说道。

楚格打断他的话说道:"别气馁,弟弟。我们以为已经远远甩掉了苦力怕头,但估计我们在扎营的时候,他仍在继续赶路。又或许——"

"苦力怕头也有药水。"托克沮丧地接上楚格的话,"啊!我讨厌这样!我一直以为自己找到了答案,但似乎什么作用都不起。"

"我们又回到了原点。"玛尔靠在门边坐下,"我们轮流睡觉。我先守夜,等我困的时候就叫醒楚格。守夜的人只需要拿着武器坐在这里。"波比匆匆跑来在玛尔身旁闻着,在她膝盖旁躺下。玛尔微笑着说:"看起来守夜的人将会有一位很好的陪伴伙伴。"

我回到床上躺下,但显然没人能安心地睡觉,大家辗转反侧,床沙沙作响,叹息声不断。我终于入睡,但当玛尔叫醒楚格,他再后来轻轻摇动我的肩膀叫醒我的时候,我还是稍微颤动了一下。他在门口坐着的位置很温暖,闻起来还有点儿鱼腥味,想必楚格已经吃掉了剩下的鱼。我把背靠在门上,手放在小狼身上,海水竭尽全力地吟唱着,想让我入睡。我守夜的时候无事发生,除了某个时刻,缓慢药水一定是失效了,因为那只羊发出了一声惊吓而受辱的"咩",然后跑进黑夜之中。波比轻声地对着羊吠着,好像这是它工作的一部分,但它很有礼貌,不想吵醒其他人。当我实在睁不开眼的时候,我叫醒了托克。他小心地用毯子盖好熟睡的小猫，从床前走到了门口。

清晨降临，我们都像是被矿车撞过的样子。大家打着哈欠，伸展身体，拿着武器走出门外。一切都不再让人产生安全感。

"不好。"贾罗惊恐地说道，我们看向他手指的方向。

下界岩拼成的"干得漂亮"被点燃了，等着我们去寻找。

"看来羊的出现不是意外。"楚格阴沉地说道。

"苦力怕头还在跟踪我们。"贾罗绝望地四处张望，"这怎么可能？"

"他肯定也有药水。这是唯一的答案。我们现在必须上路了。如果我们赶得快，傍晚就能赶到洞穴。我们有一些黑曜石，也许可以封住入口……不论我们要到哪里。"玛尔揉了揉眼睛，"我只希望知道苦力怕头想要什么。"

"我认为是奥洛克和强盗们。"贾罗说道，"他们对我们恼羞成怒，因为我们基本上算是把他们关在了下界。我是说，还有可能是谁呢？"

"也许是长老们派吉米和拉尔斯来追我们呢？"我说道，"虽然我不认为他俩有谁来过主世界。"

"他们从来没租过我的马。"贾罗抚摸着斯贝尔克斯，"就算他们不在城门搞事情，我也不会租给他们。但如果他们没有租过我的马，就可能没去过比新聚宝盆镇更远的地方。"

"也许他们在我们离开后偷了马。"玛尔说道。

托克摇了摇头说："这无法解释药水的问题。我不觉得拉尔斯和吉米会聪明到去酿造迅捷药水。没有冒犯你的意思，蕾娜。"

"没有冒犯。我完全同意。他们连泥巴都不会搅。"

我是认真的。拉尔斯是我的九个哥哥姐姐中我第二不喜欢的,这已经说明了很多问题。他是那种把所有人都视作对手,靠防备心而非好奇心来面对世界的人。我三岁的时候踢了他的脚踝,他到现在都没原谅我。

"那就一定是强盗们。"托克摸了摸下巴,"但我们只被一个人跟踪,他只骑了一匹马。从我所看到的情况来看,强盗应有六个人。"

"也许他们没有全部幸存。"我说道,"还记得你不能在下界睡觉吗?如果你不能睡觉,你就无法存活。这也解释了为什么跟踪我们的人会如此精神失常。如果换作奥洛克,也许是缺乏睡眠和目睹朋友死亡把他推到了极限。"

"这驱使他来复仇。"楚格用嘶哑而阴沉的声音说道,眼睛望向山峰,"一个受伤的人,一个愤怒的人,一个到了无法挽回的地步,要不惜一切代价来报复——"他清了清嗓子,回归正常声音说道,"来报复那些毁了他生活的残酷孩子的人。"

"到底是谁并不重要。"玛尔坚定地说道,"我们必须继续前进,必须在天黑前赶到那个山洞。"

我拿出曲奇和面包,我们骑上马,等待托克使用迅捷药水。很快,我们飞驰着穿越草地,向山脉奔驰,告别了海洋的宁静与美好。今日天空湛蓝,要是我不知道楠正在垂死挣扎,我会喜欢现在的每一分钟。

还有苦力怕头。不管他是谁,都比我们想象中聪明得多。

18

玛尔

在主世界,海洋并不是我的最爱,尤其是我还差点儿在这儿丢了性命。但我得承认,我有点儿怀念那里的风景——以及我们沿着海岸前进的时候,只有三个方向会被攻击。这些山脉更对我的胃口,但它们高耸陡峭,绝无丝毫宁静的气氛。不过,没有什么能比在新地方挖矿更让我欢喜的事情了……除了要达成我们的目标——治好楠。

多亏了托克的药水,我们能在傍晚前抵达山洞。我们从村庄制图师手里得到的地图可能并不详尽,但位置很准。我可以根据比例尺判断,我们是否走在正确的道路上。我估计这个洞穴会像聚宝盆镇附近的要塞一样,但地图上只显示了一处山脚下的入口,标记为一个开口的黑窟窿。至少我们回到了熟悉的地面。从我到蕾娜,大家都十分了解地下的情况。如果我能用黑曜石阻碍苦力怕头——我猜是奥洛克——继续跟踪我们,那么也许我们就可以……

不行。

这样行不通。

即使在最理想的情况下,他也只会在洞穴外等待我们。

如果我们把马留在外面,他会把它们赶走……或者更糟。

如果我们带着马进入洞穴,他仍然能看到马蹄印,就会知道我们的确切位置。

难办。

我的脑海中逐渐形成一个计划。我不喜欢——这不是我想做的事情——但我的目标是想法子将附魔金苹果带回给楠。这就意味着,我必须在这种情况下制订对策,我们身后有一个危险的跟踪者,他下定决心要加害我们。

我们停下来吃午餐时,我接过一条鱼,但并没有吃。其他人站在草地上——因为我们都坐累了,而且喝了迅捷药水只会让我们的屁股更疼——我走了几步,试图找到合适的语言。

"我们都同意苦力怕头没有放弃追我们的想法吧。"我说道,"我们都相信他还在跟踪我们?"

"他肯定在跟踪我们。"托克一边吃着苹果一边说道,"昨晚的那只羊可不是闲着没事自己跑到我们门口的。"

"我们必须假设他也用了迅捷药水后骑马跟踪我们,因为蕾娜看见了他的马蹄印，他能跟上我们的速度吗？"

"我真的很讨厌这个家伙。"楚格抱怨道。

"那么当我们进入洞穴的时候，他要么会跟着我们进去，要么会在外面等待伏击我们，对吧？"

"但我以为你有黑曜石，可以把他挡住——"楚格开始说。

"我有。但是如果给他足够的时间，他就能挖掉黑曜石并进入洞穴。或者——就像我们破墙而出时一样，也许他会挖掘周围的石头。如果他试图伤害我们，他可能会赶走马，或者更糟。"楚格内心柔软，所以我没有详细解释，但他面露恐惧的神情表明他听懂了。

"所以我们不能让他跟着我们进去，但我们也不能让他在外面等着。"贾罗推理道。

"我有一个想法。"我停下了脚步，面对大家，"如果我们爬上山，伏击他呢？我们可以藏好马匹，爬上岩石山崖。蕾娜可以用火箭射他，或者我们可以向他扔药水，或者设置某种陷阱，就像埃弗拉姆那样。"

托克摇了摇头说道："我们没有那样的茂密树丛作掩护。会很显眼的。"

"而且我不会丢掉任何馅儿饼。"楚格大喊道。

蕾娜朝我们来时的方向看着，时刻关注着敌人的任何迹象。"我讨厌与人打斗。"她说道，"我不介意和怪物战斗，但是我不知道自己能否射出火箭，因为我知道这一箭可能会杀死某个人。"

"在他对我做了那些事之后，我可以。"贾罗铿锵地说道。

"不，我觉得你不可以。我见过你在战斗中说不出话来的样子。"蕾娜以她往常的那种有些迟钝的诚实口吻说道。她看着我们每个人。"我不确定我们中的任何人可以做到这一点。"

"那么我们需要一种不同类型的陷阱。"我看向托克，"我们指望你想出一些办法。我知道昨晚的陷阱没有起作用，但是……"

"这次的陷阱一定要成功。"他看起来既坚定又有些胆怯。自从被强盗绑架过，托克在精神压力下就会变得有些紧张，所以我知道这对他来说是一个挑战。"要说清楚的是，陷阱确实有效。只是他知道如何破解，所以我们必须把陷阱伪装得更好。"

"你可以做到的。"我直视着他的眼睛说道。

"你什么都可以做到的，弟弟。"楚格同意道。

"好吧，我看了埃弗拉姆的书之后产生了一些有趣的想法……"托克吞吞吐吐地说道，盯着草地，好像那里会长出答案，"我需要一些苔藓。如果我们可以停在一处视觉繁杂的地方会更好。要靠近山崖。我们需要让他分心。不能只是一小块稀疏的土地。"

"那我们引诱他。"我说，"也许我们可以找到一条像强盗们在第一次冒险时伏击我们的小路。不给他留有选择的余地。"

"我会想出办法的。"托克缓缓露出邪魅的笑容，我很高兴他和我们是一边的。

我们再次骑上马,给它们倒上更多的药水的时候,蕾娜一直在往后看。她是对的——我们还是孩子,除非别无选择,否则我们不能若无其事地用武器攻击一个人。这种事情会让我的良心难以承受。当奥洛克和他的同伙绑架托克的时候,敌对关系很明朗,但现在的情况并不清晰。如果陷阱抓住的还是奥洛克和他的同伙,蕾娜可能会改变想法。我希望我们不必找出答案。

山崖越来越高,越来越崎岖。草地上的鲜花渐渐被树木取代,其中包括我从未见过的奇怪树木。我们匆匆而过,我摘了一朵鲜艳的粉色花别在耳后。

"这些树叫什么?"我问蕾娜。

她拿出一本书翻阅了一下,然后说:"嗯,叫杜鹃花树。花很漂亮。我想知道,为什么我们镇上没有?"

"可能木材不够漂亮,或者只生长在岩石地带。"托克说道,"我是说,镇上也不会长巨大的红蘑菇。"

"镇上也没有全是'蘑小牛'的小岛。"楚格提醒我们说。

蕾娜叹息道:"我想这就是我最想念的,当我们没有探险的时候,我们就看不到任何新事物。"

"我们也不会被戴着面具的奇怪人跟踪和殴打。"贾罗自从被袭击以来一直很安静,除了这次,我知道能帮他的唯一方法是确保苦力怕头不再跟踪我们。

当我终于看到洞穴的入口时,光线变得金黄,阴影变得又长又紫。我心跳加速,直觉让我知道我们离附魔金苹果有多近。

托克停下来,当我们把自己的马停下来回到他等待的地方时,他说:"就在这里吧。"

这地方不错。左边有陡峭的山崖,有几处突出的宽敞区域,长着乔木、灌木丛、草和苔藓。山崖下的景致杂乱无章,草地完全变成了森林,橡树枝繁叶茂。前方是敞开的洞口,正是我们需要的用来分散苦力怕头注意力的东西,因为显然我们要进到洞穴里面。

"我们能帮忙做些什么呢?"我问道。

托克指向前方:"贾罗,把马带到那边去,看看能否找到一个可以藏身的不太显眼或不太吵闹的地方。也带上小猫和波比。我们不需要它们参与战斗。"他环顾四周,歪着头,"我需要一些石头和苔藓。蕾娜应该找个高山隐蔽处藏起来,准备好弓箭。玛尔和楚格应该和我留在下面的山崖边。如果陷阱奏效,你们需要迅速跳下来,等它发挥作用后就立刻把苦力怕头绑起来。"

"是什么会起作用?"我问道。

他笑着说:"你会知道的。"

我们下了马,贾罗带着马悄悄地走了,轻声跟它们解释要保持安静。棒极了!它们似乎明白他在说什么,但我就是无法与动物建立那种联系。我们家里的奶牛很温顺,但整个牛群似乎只有一个大脑细胞。我敢肯定,哞哞只不过是因为贾罗给它胡萝卜才忍受我。有时候我真的以为它会趁我不注

我的世界 怪物小队3 苦力怕之战

意的时候咬我一口。

说明一下，哞哞是马，不是贾罗。

蕾娜让波比跟着贾罗走，然后自己爬上陡峭的崖壁。她在高处找到了一个藏身的地方，就在一个灌木丛后面，旁边有一只正在吃草的山羊。我眯起眼睛，用手遮挡阳光，却完全看不见她。我给她竖了一个大拇指，但我不知道她能不能看到。也许看不到。我打赌她正在观察苦力怕头是否从我们来的方向过来，并且已经准备好了弓箭，以防陷阱还没准备好他就到了。她可能会说她不想伤害人，但如果有人威胁到我们其中任何一个，她会毫不迟疑地尽其所能地保护我们的安全。

楚格和我站着，一起观察托克在工作台前的操作。实际上，看到托克进入状态，合成和酿造着我甚至无法理解的东西，构思着前所未有的物品，即使失败了一百次，也能最终将它们创造出来，这真是奇妙。我试着猜测他在计划些什么，但只看到药瓶和一块苔藓。

"去躲起来。"他说，目光却没有离开他的工作台，"你们看着会让我不自在。"

楚格和我面面相觑，开始攀爬这陡峭的山崖。从楚格的外表来看，你不会认为他是一个敏捷的攀登者——老实说，他确实不是——但他打小就认为从邻居的树上"借"来的苹果最好吃，所以他学会了如何拽着自己向上爬，即使行动困难且缓慢，还很费嗓子。蕾娜在高处岩石突出的位置，比镇中心的房顶都还要高。但楚格和我在到达第一处足够容纳我俩的地方时,便躲到了一块大石头后面。我们也许距离地面三米高,这个高度不会让人觉得我们会躲在这儿,但又不至于太高,我们可以在必要的时候跳回地面。之后我们可能需要吃块曲奇,我觉得楚格不会抱怨的。

"你觉得他会是谁呢?"楚格问我。

"谁?苦力怕头吗?"

"不是那个头。是那个穿青绿衬衫和深蓝裤子,眼睛死白的怪人,蕾娜说有一晚在矿场附近游荡的那个人。"楚格说道,"当然,也就是你说的苦力怕头。"

"我想肯定是奥洛克。还有谁会恨我们恨到想要报复呢?"

楚格从口袋里掏出一条鱼,若有所思地啃起来。"我是说,镇上有很多人恨我们。贾罗的老妈就讨厌我们,认为是我们让她失去了所有甜浆果。加伯长老、老斯图和蒂尼也都对我们非常不满,因为托克几乎抢走了他们的全部生意,收费还更合理。你在城墙边遇到的吉米和拉尔斯也一样讨厌我们。如果可能的话,他们也许会把我们永远锁在外面。"

"可能还有为奥洛克打工的强盗,不过谁能从下界活着回来呢……"我话说一半就停了,因为说出"谁能从下界活着回来"这事让我感觉太过绝对,"还有克罗格。谢天谢地,不过他现在还被关在监狱里。"我叹了口气,重新编好头发,"不过我有一段时间没去看他了,不能确保他还在那里。我们可能招惹来了很多敌人。"

楚格朝着附近的一棵树扔了块石头。"这就很奇怪,因为

我的世界 怪物小队 3 苦力怕之战

我们不是故意要让别人与我们为敌的。贾罗的老妈,还有吉米和拉尔斯,他们不喜欢我们只是因为我们与众不同,而长老们不喜欢我们是因为我们阻止了他们的剥削行为。"

"而且我们离开聚宝盆镇违反了他们制定的规则,现在他们不得不打开城墙。我想他们比其他人更有理由恨我们。但加伯长老或老斯图肯定不会为了折磨我们而追到现在。贾罗的老妈肯定不会对他这么残忍——她不是那样的人,而且也相当懒惰。再让我们认清现实——吉米和拉尔斯就是没这能耐。"

"我怀疑他们谁都不知道马的哪一头该冲前!"楚格大笑起来,声音有点儿太大了。我把手指放到自己嘴唇上提醒他。毕竟我们正在设置陷阱。

"但是奥洛克和他的同伙有理由恨我们,他们能够长途跋涉和战斗,而且他们可能因为被困在下界无法睡觉而变得有些疯狂。所以肯定是他们其中之一。"我从口袋里拿出镐头放在膝盖上。我没说出口,但我真心希望那会是强盗中的一人,因为我不知道如果伤害我从小认识的人会是什么感觉。我不喜欢拉尔斯或吉米,也不喜欢长老们或克罗格,但我也不想用剑攻击他们。

头顶上传来蕾娜如同鸟鸣的哨声,我们保持安静,匆忙地拿着武器躲到了石头后面。托克也听到了信号,他收拾好工作台和酿造台,跑到树后面。我看不到他设置的陷阱,但我注意到他把一本书放在了地上,好像它刚从口袋里掉出来一样。我发自内心地祝他好运,希望他所做的任何事情都能奏效。他的发明通常在第一次不会完美地发挥作用,但任何能帮助我们对抗苦力怕头的尝试都会有用。

我看向我们来时的路,但什么也看不见,这多亏有树林和灌木的遮挡。我们之所以选择这个地方,是因为这里无法从远处看清。现在这里又在惩罚我们,因为我们看不见有谁朝我们走来。楚格和我静静地等待着,紧张到几乎屏住了呼吸,等待着猎物的出现。

但没有人来。

反而天空变得如同夜晚一般阴沉,煤灰色的云朵着急地聚到一起。空气中弥漫着奇怪的氛围——某种我无法解释的压迫感。一阵低沉而不祥的钟声响起。我看向楚格,他一直摇头耸肩。我不知道发生了什么,但有一种不祥的预感。

在视野之外,有什么东西爆炸了。楚格和我及时从巨石后面走出来,却看见了一只迄今为止最为恐怖的怪兽。

19

托克

我非常兴奋地想看看我的陷阱是否有效。我躲在树后面,高兴地偷偷笑着。但我随后便察觉到了空气中的变化,如同平静的暴风眼中危机四伏。天空变得黑压压的,仿佛太阳已经被埋葬。当我看见有只怪兽靠近的时候,浑身的血液都变得冰凉。

我从没见过这样的怪兽,也从没在楠的书里读到过。它就像一只浮空的三头骷髅,没有腿,只有飘浮的骨架,以及一双目光锁定在我身上散发着冷酷幽光的眼眸。再仔细一看,这只三头骷髅似乎有些眼熟——好像我们在下界见过的诡异骷髅——但这可不是什么让人心安的想法。我不知道自己在期待着什么,反正肯定不期待被一具飘浮着的肋骨架用骷髅头颅击中。

这个东西——头部似乎覆盖着干枯且满是褶皱的肌肤——盯着崖边跳跃的山羊，吐出一颗黑色的骷髅头颅。

嘣！

山羊瞬间变成了岩石上的焦炭色灰烬。

在山羊曾经天真无邪地嬉闹之处，现在只剩一株扭曲的炭黑玫瑰。

我震惊不已。

"托克，跑到隧道里！叫上贾罗！"玛尔对我喊道。让我们直面现实吧，我们伏击苦力怕头的希望已经灰飞烟灭。我们必须先处理——这个东西。

我完全照着玛尔的话行动，以最快的速度奔跑着——说实话并没有那么快。谢天谢地，我已经收拾好了我的随行工作坊。这怪物似乎要搞出些新挑战，我不想成为唯一一个留在地面上的人。贾罗和我的战斗力是最差劲的，所以让我俩躲开是明智之举，这样其他人就可以想出最好的战斗策略。

也许它比看上去要弱。

也许它经不起几次攻击就倒下了。

我一边这么对自己说，一边跑离哥哥和伙伴们，朝着安全的洞穴逃去。

虽然我是这么想的，但我也知道这大错特错。

看吧，我的大脑喜欢解谜，喜欢寻找万物间的关联，也知道怪兽在此时此刻向我们发起进攻，绝非偶然。我们正等着伏击苦力怕头，而就在他应该到达的时候，我们却遇到了

我的世界　怪物小队 3　苦力怕之战

可怕的敌对生物。根据目前我对苦力怕头的了解，他不仅很聪明，还诡计多端。所以，我不得不设想，就是他以某种方式将怪兽带到了这里，就是他召唤了怪兽来伤害我们。

我来到贾罗身边的时候已经喘得上气不接下气。他就在洞穴的入口外，轻拍着波比的脑袋，说它是个好"女孩儿"。他已经为马匹搭好了围场，但它们似乎很紧张，好像能感觉到附近正在发生危险的事情。

"发生了什么？"贾罗问我。

"我们必须把马带进洞穴。"我说，"这东西能杀死各种生物。"

贾罗瞪大了双眼："什么东西？杀死什么？怎么回事？！"

但他已经和我们相处了足够长的时间，懂得在质疑不可思议之事的同时，也不能放下手上的工作。他已经打开了栅栏，带领着马儿出来。我没有他对动物那么了解，但我知道波比很温柔，不会咬我或者什么的，所以我带着它和梅文，跟着贾罗进了洞穴。小猫围绕在我腿边，担忧地喵喵叫着。

"你说的是什么东西？"贾罗问道，"苦力怕头吗？我听到了某种爆炸声——"

"不是苦力怕头。是一种新的怪物。是一只怪兽。是它搞出的爆炸——在它刚出现的时候。它就像是用三具骷髅的各个部位不合理地拼接到了一起，径直朝你飞来，还企图用可以爆炸的骷髅头颅炸掉你。"

贾罗开始小跑，紧张地说："我不想看见那东西。我甚至不想知道它的存在。"

洞穴入口有足够的宽度供马匹通过，有一条又长又窄的通道，延伸至黑暗深处。我们拿出火把，带领着紧张的动物们走入地道。幸运的是，进来之后的洞穴是一块又大又宽敞的空间。贾罗设置了更多的栅栏板，同时我拿出了镐头——我总是携带着各种工具——从洞壁上挖出一些石块，小心翼翼地将其堆放在洞口，直到造出仅能供单人通行的入口。从外面看，一旦这个入口再添上最后两块石头，看起来就像是另一个山崖。只要这个"凋灵骷髅"怪兽不是聪明绝顶，我们就应该能逃之夭夭。

"和动物们待在这儿。"我告诉贾罗。

"你要去哪儿？不是要回去和那个怪兽对抗吧？"我能感觉到贾罗不想独自留在这个偌大而黑暗的洞穴里，而且只在那个小洞口处有一圈点亮的火把。但如果我不告诉其他人我的计划，贾罗和我可能会永远被困在这里。

"我会把每个人都带回来的。你只需要放一些火把，准备好随时应对洞穴里生成的常规怪物。等一等！如果你有一些备用的栅栏板，也许你可以把洞穴的洞口封闭起来，这样怪物就不能靠近我们了。然后准备好你的斧头，以防万一。我马上回来。"

贾罗点点头，一只手放在波比的头上，尽力保持冷静，而我拿出我的剑，跑到外面。

更确切地说，我偷偷地从洞口探出头来，然后匆忙躲到

我的世界 怪物小队3 苦力怕之战

树后面。一旦我确定这个"凋灵"——我这么称呼它，只是为了省时间，因为它有一颗凋零的骷髅头，看见它时，我的内心也会"枯萎"——不在附近，我就采用"Z"字形躲避路线朝着我的伙伴们溜去，时不时地躲到树木和岩石后面。我可以通过声音辨别战斗的激烈程度，我能听出来凋灵用爆炸骷髅头颅攻击山崖的猛烈程度，希望不会有太多山羊遭殃，希望凋灵不会攻击哥哥和伙伴们。上次有类似的东西攻击了楚格，让他就像被毒害了一样，我不想看着他再输掉一场战斗。

一颗骷髅头颅砸到了我面前几步远的地方，爆炸的冲击使我只能后退。爆炸离我十分近。我从树枝间窥视战场，只见凋灵高高飞起，靠近蕾娜。蕾娜用附魔弓箭朝它射击，但每一箭都只能使它暴怒。我从来没有比现在更感激我学会了如何制造弓箭、修理它们，并给它们附魔——以及蕾娜能够用我的作品给敌对生物造成如此巨大的伤害。楚格和玛尔还待在他们的山崖上，但他们也无法发动攻击，因为凋灵飞得太高了，而楚格只有一把剑。玛尔拿出了她的弓箭，但相对于蕾娜的三发三中，玛尔只能击中一次。她一直在练习，但还不够好。

我吹了声口哨儿，楚格的目光投向了我。他瞪大眼睛，慌忙地做出一个"离开这里"的手势。我摇了摇头，指了指洞穴，然后指向蕾娜，做出了同样的手势。我们必须想办法告诉蕾娜我们得赶紧逃跑。

楚格率先爬下山崖，最后几米的时候直接跳到了地面，手里仍握着宝剑。他跑到我身旁的树丛后，凋灵似乎没有注意到他，仍专注于和蕾娜的打斗。

"老弟，你在干什么？回到洞穴去！"他怒吼着。

"我们对付不了这东西。"我告诉他，"蕾娜不停地朝它射箭，它几乎毫发无损。而且，苦力怕头还躲在某个地方，想伺机将我们一网打尽。我们必须躲到洞穴里面，我封住了洞口，所以从外面看就像一片山崖，我们只需要赶快逃离这里。"

楚格回头看向玛尔和蕾娜，她们一边射箭，一边躲避凋灵那愚蠢的爆炸骷髅头颅。"我们怎么告诉她们？"他问道，"因为我敢肯定，如果我们大喊，那东西会发狂的。"

"而且苦力怕头也会知道我们要做什么了。"我陷入沮丧中，因为我刚意识到了答案，而且我讨厌这答案。

"把你的盔甲给我。"我说。

"弟弟，不行。"楚格说道。

"我必须爬上去告知蕾娜。我会从山崖的另一侧绕上去，从后面接近她。那里会有很多的掩护物。你去找玛尔，我去找蕾娜。如果你沿着这条路一直跑，就会发现洞穴入口。洞口很小，但它就在那儿。贾罗和动物们都在里面。你把计划告诉他，并且准备好你们的武器，以防凋灵在我们进去的时候也跟随进入。并且要准备好在它看见入口之前在入口堵上两块石头，这可能决定了我们能否赢得这场战斗。"

楚格将手放在头盔上："一定还有其他办法——"

"我已经计算了所有可能性。这是我能想到的最好的计划。如果有人能发明一个能让人远距离通话的装置就好了。"

我的世界 怪物小队3 苦力怕之战

哥哥笑了起来。"太疯狂了,弟弟。但那装置一定很不错。"

楚格这人就是信任我。信任我、玛尔、蕾娜,甚至还包括贾罗。楚格了解自己的不足,也知道我们的长处,尽管他看上去像一个以自我为中心的人,但并非如此。这就是他为何会二话不说就将头盔交给了我,然后脱下了胸甲、裤子和靴子。他知道我是最聪明的,知道我比他更擅长攀爬,也知道如果我主动请缨,那这就是唯一的办法。

我和他交换了盔甲,很快我就穿上了一身下界合金的装备。现在,楚格换上了钻石盔甲,挠着胳肢窝,因为我把那套盔甲做小了一号,以便更适合我的身材。

"要小心。"他警醒道。

"我一直都很小心。"我回复道。

他抱了抱我,拍打着我的后背,然后小步跑向玛尔所处的山脊。

我急匆匆地超过他,绕过一块隆起的岩石,爬上了山崖。这里有不少山羊走过的小道,还有许多利于攀爬的支撑点。我很庆幸没让楚格来攀爬崖壁。我的个头儿仅有他的一半,身手敏捷,只要专注于向上攀爬,我还是很有自信心的。我从这里虽看不到蕾娜,但我觉得已经爬得足够高了,于是我绕过山脊,快速地从岩石上溜进灌木丛,试图保持着隐蔽的状态。我终于看见了蕾娜,但我一旦去往她的地方,我便暴露无遗了。

我真心希望这个计划能成功。

我拔出了剑,急忙地朝蕾娜跑去,然后——啊!

我被绊倒了——肚子朝下地滑过石地。

盔甲起到了缓冲的作用,但我这会儿膝盖着地,双手撑着身体,疼得直喘气,也没有了任何的掩护。

"托克?"

蕾娜射完一箭,正要拿出下一支箭时,困惑地瞅了我一眼。

"我们得逃到那边的洞里。"我上气不接下气地说道,"我都安排妥当了。这是我们的计划。快走。"

"如果我停止射击,它会杀掉我们所有人的。"她直言不讳。

"那么我们就得分散它的注意力。"

"我原以为连射一百支箭就能分散它的注意力,但我错了。"她怒气冲冲地说道,却丝毫没有影响射箭。

一颗黑色的骷髅头颅朝我们飞来,我们避开了。它落到我们身后的不远处,即刻爆炸,扬起的岩石渣溅了我一身。我必须想办法。这是我该做的。楚格的武器是剑,蕾娜的武器是弓箭,而我的武器便是头脑。但当有一副漂浮的骨架想要随时炸飞我的时候,我便很难思考。

但要怎样才能分散这个怪兽的注意力呢?

对了。

将它的注意力转移到其他地方。

"你知道苦力怕头在哪儿吗?"我问道。

蕾娜并没有看着我说道:"知道。他在地面上,是一小块绿色。他以为自己躲好了,但被我看见了。"

"你还有火箭吗?"

我看不见她的笑容,却听见了她的笑声。"我一直留着等关键时刻用,现在似乎时机已到。等等——我摸口袋的时候,它会乘机攻击我们的。"

蕾娜绕过一块巨石,摸索着自己的口袋。凋灵向我们飘来,扔出一颗骷髅头颅——这颗是蓝色的,比黑色的速度更快,我不知如何阻挡。那颗骷髅头颅径直飞向蕾娜,我的身体下意识地如离弦的箭一般向蕾娜跑去。我拿着剑,趁那颗骷髅头颅接近我们的时候,把剑一挥,但它正巧与我的剑擦边而过,狠狠地击中我的胸口。霎时间,我的世界一下子爆发成一团白光,照亮了黑压压的天空。我重重地倒在地上,耳朵嗡嗡作响,嘴里像是嚼了一口碎石。我听不见任何声音,宝剑也从手中滑落。

"你没事吧?"蕾娜问道——至少,她的嘴形是要表达这个意思。我几乎听不见任何声音了。

我只能摇着我的脑袋。事情非常非常不对劲,但我不知如何是好。

"去……攻击……苦力怕头……"我吐出几个字。

蕾娜朝着凋灵射出一支火箭,然后又搭上另一支箭,向下瞄准,松弦射出。一声尖叫传来,她得意地笑了,这说明她射中了目标。凋灵的注意力随之转移到了苦力怕头身上,它向地面飘去,朝着新目标扔出了另一颗骷髅头颅。蕾娜把我拉起来,扶着我走过山脊。我们放低身子,利用能找到的每块巨石和稀疏的灌木做掩护,避免重新引起凋灵的注意。

凋灵的注意力似乎全在苦力怕头身上了,所以我决定不再关注它。光是移动身子就耗尽了我的全部精力。我的身体似乎并不想工作,手臂无力,双腿发软,仿佛我刚跑完一千米。我的心窝发疼,嘴唇干燥——我病了吗?这感觉——

我不知道。

只是感觉很糟糕。我无法组织语言了。

我。托克。天才。

不过,这种感觉似曾相识。

我们以前曾体会过。

或者说——楚格体会过。

"你能爬下去吗?"蕾娜指着我来时的山羊小道问我。

我点点头,开始往下爬,感觉自己又笨又蠢。我的手指几乎抓不住任何一块石头,就在我要跌倒的时候,蕾娜抓住了我的袖子。山羊小道竟成了我生命中最大的挑战,我努力不放弃,选择滑下山坡来攻克难关。在最后几米的时候,我滚了下去,摔作一团。

蕾娜滑下来,用手臂搀扶着我。

"好在我不是楚格。"我嘟囔道,"你扛不动他的。"

"闭上你的馅儿饼小嘴。"蕾娜奋力拉扯着我说道。

"你们在说馅儿饼吗?"

当我哥出现,并把我像抱迷路的小猫一样抱起来的时候,我感到欣喜若狂。他向洞口跑来的时候,我看见凋灵正朝着

我的世界 怪物小队3 苦力怕之战

地面发射骷髅头颅。虽然我看不见苦力怕头,但我希望他输掉这场战斗,无论他究竟是谁。我希望这只怪兽——无论是他创造的、带来的,还是他发现的——能彻底打败他,因为我这辈子从未感到如此糟糕,而他正是这一切的始作俑者。

洞穴的入口很窄,楚格无法抱着我通过。我只能自己颤颤巍巍地走过去,然后瘫倒在冰冷的石头上。楚格把我挪到一旁,蕾娜跳了进来。玛尔已经准备就绪,随后就在洞口填上了两个土块,使得山崖的这一面看上去像从未有过开口似的。

这一定会有用的。一定能骗过凋灵,兴许也能骗过苦力怕头。

我仰面躺着,闭上了双眼。

讽刺的是,我称那东西为"凋灵",但现在凋零的人却是我。

20

楚格

我不知道弟弟出了什么事,但情况不妙。他的脸色跟玛尔被剧毒药水袭击的那次一样糟糕。

"是被药水攻击了吗?"我问蕾娜。

她摇了摇头说:"是怪兽——"

"是凋灵。"托克结巴地说道,因为他当然要在临死前做一个百事通。

"我还打算叫它'三头骷髅'呢。"蕾娜说道。

"等会儿再吵!"我吼道,"谁伤了他?"

"托克想要掩护我,一颗爆炸的骷髅头击中了他。他从山坡上飞速滚了下来。"

"是的,完全是败在了山坡手里。"托克咕哝道。

我的世界 怪物小队3 苦力怕之战

我歇斯底里地喊道:"他都能有心情开玩笑了。这说明他的状态确实相当糟糕。"

"我感觉要死了。"

"不!弟弟!不会的!我们会治好你的。你的手能伸进口袋吗?能掏出一瓶治疗药水给我吗?"

托克将苍白的满是褶皱的手伸进口袋,掏出一瓶治疗药水。无论在任何地方,我都能辨认出那洋红色的液体。我帮他灌下药水,因为他甚至无法举起瓶子,只见他努力张开变得惨蓝冰凉的双唇,大口地吞咽液体。

要是说有什么不同的话,就是他的脸色更糟了。

"没有用。托克,你有更好的药水吗?超级药水?可能你感觉好多了,只是看上去——"

"凋零状态。"他不动嘴唇地嘀咕道。

"我知道是凋灵影响了你,但我们该怎么做呢?"

"生命恢复药水?也许吧。"玛尔劝说道。

托克摆动一只手:"凋灵状态。没有用……我不记得了。"

"你什么意思?药水没有用吗?你的药水总是有用的!"

我知道自己说话像在乞求,确实如此。我感觉双眼止不住地流泪。

"如果一瓶药水没用,另一瓶也许同样没有效果。"蕾娜说道。

"但药水总是有用的!"我咆哮道。

"楠说过。"托克低语道,"凋灵状态……喝……要喝……"

玛尔打了个响指说:"托克说得对。药水不总是有用。还记得我病倒的时候,楠说过给我喝什么东西吗?"

我抽了口气说道:"牛奶!我在下界曾被凋灵骷髅袭击,现在托克的情况和我当时是一样的。"

托克虚弱地挑起眉毛说:"我的大脑已经'凋灵'了。"

"但我们没有牛奶。"我说道,这种恐慌的感觉重重地落在我的心头,"谁去抓一只山羊吧!当它们没从身后撞击你的时候,你们会给山羊挤奶的吧?"

贾罗一直在外围焦急地兜着圈子,听着我们说话,却没有真正参与。但现在,他在口袋里摸来摸去,掏出一只桶。"味道可能有点儿像蘑菇,"他说道,"但我把那座岛上的'蘑菇牛'的奶都挤了一遍,以备不时之需。"

"你是最棒的,哥们儿!我很高兴你和我们一起去了蘑菇岛!你还叫它们哞菇!"我想去拥抱贾罗,但当务之急还是救活我的弟弟。我拿起牛奶桶,往托克嘴里缓缓地倒着。他起初将奶喷了出来,而后顺利吞下,于是我松了口气。

有用了。

有用了!

托克身体的变化几乎是瞬间发生。他的肌肤红润起来,双眼睁开了,身上的褶皱也都展开了,变回了正常的、健康的托克。

"有曲奇吗?"他嘟囔道。蕾娜递给他一块,他两口就吃完了。我的肚子也咕咕叫起来,但现在不是讨要曲奇的时候。

"弟弟,你好些了吗?"我问道。

托克自己坐了起来,揉着眼睛说道:"是的,我现在感觉

我的世界　怪物小队3　苦力怕之战

全好了。但是……那种感觉太糟糕了。我长这么大从没有过那样的感受。仿佛我的灵魂被抽走了一般，大脑也从耳朵里漏了出去。我们绝对不要重蹈覆辙。"

玛尔手里拿着镐，既然托克脱离了生命危险，她便朝着洞穴深处走去，路过圈马的地方，看到它们在火把圈投射的一片光亮中，紧张地乱转。

"我觉得——"她刚开口却说道，"啊！不！不！绝不！"随即我便意识到，这是因为有只蜘蛛从黑暗中冲出来和她正面相对。我跳起来前去帮忙，但她用镐头三下五除二地就把蜘蛛击倒了。

"正如我所说，"她不慌不忙地继续说道，"我们的首要目标是找到附魔金苹果，但我们不能让那只凋灵在外游荡。如果它找到我们的小镇怎么办，就像克罗格的恼鬼一样？或者它随机出现，杀害一些旅行者怎么办？我知道我们还无法释怀，但我感觉我们需要打败它。"

"好吧，如果我们目的地的宝箱里有战利品，按道理说会有更好的盔甲或武器，或者附魔的物品。"托克说道，他站起身来，我伸手去扶他，但他咧嘴一笑，撇开我的手，"我们可以把所有的东西都装起来，出其不意地对付那家伙。我们都知道，远程武器更适合攻击它，所以我们需要尽可能多的附魔弓和附魔箭。我们也还需要那把三叉戟。我保证能找到一种附魔办法，让它被扔出去之后还能再回来。"

"那简直太棒了。"我说着从口袋里掏出了三叉戟，欣赏着它在火光中熠熠生辉的模样。

"我们换回来吧,因为我估计小号的盔甲比大号的盔甲难穿得多。"

没错。我想深呼吸,却做不到。"我感觉自己像个闷熟的南瓜。"

托克和我交换了盔甲,当再次感受到下界合金冷冰冰的负重时,我如释重负。我很高兴他在被凋灵骷髅头颅击中的时候穿着这身盔甲,但既然现在我们来到了熟悉的洞穴环境中,如果我能穿上合身的装备,随时迎击想要骚扰我们的怪物,那就再好不过了。

我们熟悉洞穴环境的运作机理。是的,洞穴都是一个模子刻出来的,不像海底遗迹那般千奇百怪。洞穴里只有石头、黑暗、敌对生物、随机出现在面前的蝙蝠,以及偶尔出现的要塞,都很容易应付,不会有更棘手的惊吓了。

确定托克已经恢复如初,我们便填饱肚子,告别马匹,朝洞穴深处走去。波比和小猫跟着我们一块儿走。蕾娜的小狼是强大的战斗单元,康多和克拉里蒂能驱赶苦力怕。如果它们也能赶走苦力怕头就好了。我希望凋灵骷髅能替我们解决掉他。我们依旧能听见外面传来的低沉的爆炸声。深入洞穴,远离凋灵骷髅,这绝对是正确的想法。

"你还觉得我们被跟踪吗?"我问蕾娜。

她摇了摇头说:"如果洞口打开的时候,苦力怕头没跟着我们进来,他就不会在这里。他可能甚至不知道有这个山洞,也许只会觉得我们跑掉了。"

"也许吧。"我说道。

不过,我不这么认为。我担心苦力怕头会看见延伸进崖壁的马蹄印,但我不打算告诉大家。这要么是个愚蠢的想法,显得我是个笨蛋;要么是个正确的猜测,让所有人陷入恐慌。无论苦力怕头身处何方,我们的目标都很明确:进入洞穴,找到附魔金苹果。

当我们深入这座充满回音的洞穴,玛尔和我穿着盔甲、拿着宝剑走在前头,托克和贾罗拿着火把照亮道路。蕾娜手持弓箭走在队尾,没过多久,她就击倒了一具骷髅,收集它掉落的箭矢。这座洞穴似乎是自然形成的,不像人为开凿的。岩壁很粗糙,洞顶的石块参差不齐,地面也算不上很规整。不过,这里至少很宽敞,也足够安静,每当怪物靠近时,我们都能听见它们的声音。每一处峭壁的角落都挂满了蜘蛛网,毫无前人到访过的痕迹。

但肯定有人来过,因为我们有了这里的地图,对吧?

"地图说明了要塞的位置吗?"我问道。

玛尔收起剑,拿出地图,我冲上前击倒了一只靠得很近的僵尸。

"没有。它显示了山崖和洞口,但只标记了一个看似村庄的小符号。"

"有一座地下村庄吗?"蕾娜兴奋地说道,"我还不知道它的存在。"

"也许吧。"玛尔说道,"但用的是某种奇怪的颜色。淡淡的青绿色。也许那就是要塞的标志。"

一只史莱姆出现了,玛尔和我合力将它打倒。

蕾娜射倒了另一具骷髅,收集了它的箭。贾罗和托克拿着火把。一只蝙蝠不知从何处扑了过来,贾罗尖叫着跌倒在地。从前,我可能会取笑他,至少会拿他开一个玩笑,但我能看出他比平时更加紧张。我无法想象被某个头戴面具的陌生人攻击是何种感受,我希望自己能够在不让他感到更别扭的情况下,告诉贾罗,他是多么地勇敢。但现在,我只是默默地伸出一只手,拉他起来。

这座洞穴不是那么令人惊心动魄。我们沿着洞穴里的道路前进,与寻常的洞穴一样,要在曲折的洞道里爬上爬下。正当我准备抱怨这座洞穴有多么无聊的时候,我注意到前方闪烁着奇异的光亮。

"那是火把吗?"玛尔问道,她和我看见了同样的东西。

我们加速前进,当我们爬上一处小坡,洞穴的景观竟然……

哇!

这座洞穴就是与众不同。

洞穴通常都漆黑阴暗,盘踞着各种想要杀掉你的可怕怪物,但这座洞穴并非如此。

这里美妙绝伦,生机勃勃的翠绿色藤蔓从洞顶垂落至地面,上面挂满了发光的果实。硕大的粉色花朵悬挂在洞顶,像一盏盏灯似的,空中飘散着金色的花粉,融进闪闪发光的水雾之中。柔软的绿苔藓包裹着脚下的岩石和矿物,如同茸

我的世界 怪物小队3 苦力怕之战

茸的皮毛布满每一块石头表面。绽放的花丛遍布各处，为轻轻摇曳的草地赋予了一簇簇粉红的色调。我通常不会在意那些不能打、不能吃、不能抱的东西，但这座洞穴里的植物实在是……繁茂葱郁。

"是我出现幻觉了吗？"托克说道："凋灵药水蒙蔽了我的双眼？因为洞穴里通常都是死气沉沉的，而这个地方简直生机盎然。"

蕾娜已经将手上的弓箭换成了本子和笔："新的生物群系！我从没在楠的书里读到过此般景致。一座繁茂洞穴。我们发现了新事物！而且，我估计我听见了附近的水声……"

蕾娜领着我们进一步深入洞穴，她的笔尖飞速地在纸面上滑动，她想要记录下这绝美新发现的每一处细节。我还是老样子，从藤蔓上摘下一颗发光的浆果，没等人阻止我，就塞进了嘴里。

"楚格！"玛尔气冲冲地喊道。

"吃起来像阳光的味道。"我说道，浆果在舌尖爆裂的同时，我的眼球翻滚着，"也许没毒。"

贾罗往口袋里塞了几颗浆果，从他邪恶的笑容来看，我清楚地明白了他的意图——他老妈要是看到他在家里种植了一种新型浆果，她脸上的表情肯定是绝无仅有的。蕾娜也摘了几颗浆果，以及我们途经的各种植物样本。她够不着洞顶周围的巨大花朵，但我相信她一定在想办法来摘下一朵。玛尔像一位对一切不以为然的老师，注视着我们，不停地嘀咕着我们得抓紧时间，但随后她注意到了墙壁上的奇异矿石，拿着镐头便冲过去了。

"大家！来这儿！"蕾娜叫道，"楚格，你会没命的！"

"我还不想死。"我调侃道，但我确实赶了过来，因为她专门叫了我的名字，就意味着要么有食物，要么——

是只可爱的动物。

是的，我没命了。

是被可爱"死"的。

"它们是什么？"我一边问，一边看着两个胖嘟嘟的家伙在水池里游来游去。一只浑身粉红，一只浑身淡黄，看上去就像——我甚至不知该怎么描述！就像一只没有壳的可爱海龟，又像是一条鱼和一只胡须不小心长到头顶的猫的结合体。

"美西螈。"蕾娜说道，仿佛解释了一切。

"这可能是你起得最糟糕的名字了。"我告诉她说，"你应该叫它们'洞穴小狗'，或者'鱼脸小猫'，或者'无壳小海龟'。"

"我没有给它们取名字。我在楠的书里读到过。显然，城市里的人有时会把它们养作宠物。它们必须生活在水里，但并不危险。"

"美……什么来着？"我嘀咕道，把手伸进水里试图挠一挠它们的下巴，"我喜欢它们。"

我坐下来，把脚放进水池里，看着美西螈玩耍。一条小瀑布从头顶某处落下来，发出悦耳的声音。巨大而平坦的叶子铺满在晶莹剔透的蓝色水面上，这种叶面宽得仿佛能站上去。

"我好奇。"我自言自语。

我的世界　怪物小队3　苦力怕之战

我看向四周。蕾娜在画画，玛尔在挖矿，贾罗在采集浆果，托克掏出了酿造台正在捣鼓着，因为他就喜欢这样。没人注意到毫不起眼儿的我。

"如果这行不通的话，我说声对不起。"我对着美西螈说道，接着我纵身一跃，成功地跳到一片巨大平坦的叶子上。

"楚格，你在干什么？"蕾娜问道。

"我在探索垂滴叶，因为它们像落下的水滴。我先坐上来的，所以由我来命名。"

她对我眨了眨眼睛说道："它确实看着像水滴，你可以这么叫。"

我从一片垂滴叶跳到另一片，在一根藤蔓上荡来荡去。但这时出现了一具骷髅，我必须停止玩闹，言归正传。

宝剑击中骨头的声音似乎唤醒了其他人，玛尔停下挖矿，转头看向我们，惊恐又……羞愧？"哦，不。我分心了。我真不敢相信，我竟然让自己分心。楠还在等着我们大家，我们需要抓紧时间了。"

"公平地来说，"蕾娜小心地说道，从画中抬起了头，"我们上一次到蘑菇岛稍作休息，探索了小岛，找到了救下托克性命的牛奶。如果我们没有在那里停留，如果贾罗没有对新生物感到好奇，我们也许就真的失去托克了。即便我们在赶路，花点儿时间探索周围环境也仍然是有所裨益的。"

"经历了刚才那番战斗，我们需要这样的时刻。"托克同意道，"好事平衡坏事嘛。"看见他再次为我说话，感觉太棒了。

蕾娜点头道:"奇妙之事抵消糟糕之事。"

"吃块馅儿饼能消除嘴里的甜菜根味!"我补充说道。是的,我又在想念馅儿饼了。

玛尔叹息着点头道:"好吧,这很公平。但我们现在已经吃了够多的馅儿饼了。这里没有人为的痕迹,所以附魔金苹果一定在这座洞穴的深处,我们得出发了。"

托克收拾好他的工作站,贾罗停止采摘浆果,正在画画的蕾娜不情愿地收好了本子,与此同时,用弓箭射倒了一只小僵尸。我向美西螈告别,希望能带走一只,但我相当确定,它们所需的水要比我口袋里能装下的要多得多。还有,如果我们遭遇了战斗,我不想挤到它们。

玛尔重新带领队伍前进,我们跟着她经过藤蔓和水塘、瀑布和岩浆、鲜花和苔藓,还有各种矿石。这座繁茂洞穴是我迄今为止见过的最为美妙的地方,我不知道它是否会这般恒久不变。我当然不愿意离它而去。但我总是站在馅儿饼多的一边,无论它是实实在在的馅儿饼,还是只是个比喻——是的,我知道什么叫作比喻。就是用另一件事说你原本想说的事,但它其实就是在说你原本想说的那件事,因为另一件事很像原本那件事。我在说废话。

当我们离开了繁茂洞穴,隧道开始变得狭窄阴暗。当我们开始向地下深处走去的时候,我意识到,面对接下来我们要去的地方,我产生了一种极其不祥的预感。我们吃掉了馅儿饼。那么,下一个巨大的坏掉的甜菜根又会在哪儿呢?

21

贾罗

很希望我们可以永远留在繁茂洞穴,这里静谧、美妙、明亮,也没人想要杀掉我。那些僵尸和骷髅除外。不过,没等它们靠近一步,蕾娜和楚格就会把它们解决掉。我待在这座洞穴,要比待在下界更有安全感。我还对这些浆果感到欣喜若狂。镇上的人们会很高兴地来品尝新的水果,而我老妈将会气疯掉,因为在她偷我的浆果来重建甜浆果帝国的道路上,将遭遇强劲对手。

当然,我们不能在此处逗留。我们有任务在身,而且已经耽误了太多时间。玛尔的高祖母楠甚至可能……

我不想直说,但她年事已高,病痛缠身。我们得抓紧时间。

我们走着走着，洞穴变得不再漂亮与友善，回归了寻常洞穴的模样。若不是我们举着火把，就无法应对洞内的黑暗。玛尔可能喜欢采矿和在地下活动，蕾娜在矿井里长大，但我对这里深感不适，没开玩笑。

我们沿着洞穴里蜿蜒曲折的道路爬上爬下。每当僵尸咆哮，或者骷髅的箭矢哐当作响的时候，我都会惊恐退缩，但蕾娜、楚格和玛尔很快就解决了它们。托克和我拿着火把一起走着，像是被强大的战士护送前行。

"这不会让你想尖叫吗？"就在一只蝙蝠向我们俯冲而来之后，我问托克。

"不会。"他说，"这里比下界好多了，所以我会告诉自己，我能行。只是会感到不安，但这种感觉打不倒我。"

"我也许会。"我说道，紧接着一支由骷髅射出的箭从我身旁呼啸而过，我都能感觉到自己的马尾辫抖动个不停。

"但它打不倒我们。这也许是我从多年的合成失败的经验中学会的吧。'不安'是介于平凡与伟大之间的感受。如果你不愿接受丝毫的不安感，那就永远无法达到真正满意的地步。"他咯咯地笑道，"就拿我的例子来说，还必须愿意接受一段时间没有眉毛。我做的每一件事似乎都离不开火药。"

于是，我尝试了托克的办法。我告诉自己，阴冷潮湿的漆黑环境并不可怕，仅仅是让人产生不安感罢了。头顶重达百万吨的石头也没什么威胁，它预示着苦尽甘来。僵尸伸出的爪子和蝙蝠拍打的翅膀也并不危险，它们只是成功路上的阻碍。

我的世界　怪物小队3　苦力怕之战

这些话我一点儿也不信，但也试着相信它，至少能让我的脑子去想别的事，而不只是自顾自地尖叫。

洞穴里的路逐渐变窄成一条曲折的隧道，引领着我们一路向下，我完全丧失了方向感。没有岔路口，或者说，至少没有出现一个迫使我们做出实质性决定的时刻，而这个决定有可能会存在差错。玛尔带着我们不停歇地朝黑暗中探索，总是第一个迎战袭击我们的怪物，蕾娜跟在后面，箭矢噼里啪啦地往我们身后的黑暗射去。我们开始看见一些遍布各处的奇怪方块，漆黑一团中带有闪烁的青色斑点，仿佛拥有生命的脉搏。我不想触摸它们——它们看上去就……不对劲。蕾娜停下来挖了一块，看着有点儿内疚，但又确实需要一块样本。令我讶异的是，当镐头击中石块的时候，我竟然没有尖叫。

时间存在的意义已然丧失。现在究竟是白天还是黑夜？我们是在往上还是往下？都无从得知。这一切仅是无尽的虚无，我只想躺下来大哭一场。

随后，洞穴再次变得宽敞，我们都如释重负地长出了一口气。我希望能找到更多的发光浆果，或者另一个繁茂洞穴的迹象，但这处洞穴似乎不太自然，更加……

井井有条。

我手中的火把照亮了一块平坦的地板，这时楚格说道："来对了，是要塞！"我点头表示认可。

这很不错。人造物便有据可循，有理可依。过去曾有人说过："这是最聪明、最安全、最合理的做事方式。"于是，他们指导众人根据这般有效的设计来制造物品。这对我来说就很有意义。

但当我们继续深入进去的时候，就感觉不太对劲。

那不仅仅是几个蓝色斑点的方块，而是整座建筑的冰山一角。

这下面有一座建筑，但不是要塞。线条笔直，规划清晰，但不像房子的外围，像是……一整座城市的轮廓线，却十分古老，甚至于知晓它存在的人都已驾鹤西去。其中一些区块已经遗失，仿佛正是因为这座建筑历史悠久，才会支离破碎。

若是眯着眼睛，我能看见展露在我们面前的建筑结构。有城墙、走廊、水道。冷青色的灯笼散落一地，在诡异力量的驱动下闪烁光芒。遍布各处的古怪方块仿佛正挥舞着飘浮的触手，令我回忆起枪乌贼和海草。玛尔带领我们下到主步道、主路，又或许是主走廊？但很难想象这里很久以前是什么样子。这里也许曾经有座拱门。现在这里没有屋顶，没有家具，没有人，但老城的结构依稀可见，城市线条完美地笔直延展，每处间隙被一种冰冷而奇异的光芒照亮，让我宁愿回到黑暗中，谢谢。至少，黑暗中的火把是温暖的，朦胧之中散发着活力。而这些光亮反而更像燃烧的坚冰。四周异常寂静，我意识到脚下的道路要么是铺上了紧实的羊毛，要么是覆盖了一层地毯，这……非常奇怪。几乎像是这地方想让我们保持安静。我们的脚步几乎没有发出任何声音。相当诡异。

"一个箱子！"楚格说道。

我的世界 怪物小队3 苦力怕之战

楚格的话仿佛得到了回应,传来了一声奇怪而非自然的尖啸声。楚格愣住了。世界突然陷入黑暗,大约持续了十秒,我头皮一紧,犹如一只拳头挤压着我的大脑。

"啊!"托克按着太阳穴说道。

"你也感觉到了?"蕾娜问道。

玛尔眉头紧皱地看着我们说:"我想我们都感觉到了。"

"好了,如果这一切都结束了,我们去瞅瞅箱子里有什么吧。"楚格跑进侧房,打开箱子看看有什么战利品。

但他的欢乐很快便消失了。

尖啸声再次响起,我立刻闭上双眼,抓住脑袋。

但这样并没有用。这次还是像有只拳头,挤压着我的头。

楚格伸出手来向我们展示他找到的东西。

"为什么这个箱子里全是书和雪球?"他闷闷不乐地说道。

"嘘!"蕾娜低声说道,"别发出声音。"

楚格想张嘴说话,但玛尔把手指放到了嘴唇上,摇了摇头,示意楚格闭嘴。

托克悄悄从我身边跑过去,默默地拿起了书,楚格则举起了雪球,像是在问有没有人想拿走。

蕾娜耸了耸肩,伸手接过雪球,这很正常。她经常收集我们难以理解的物品。她把一堆雪球塞进口袋,我知道她为楠所教授的口袋妙招儿而高兴,否则的话,她的裤子会被弄湿。

玛尔蹑手蹑脚地走到箱子旁边,瞪大眼睛往里面看,皱起了眉头。我知道她在找附魔金苹果,但宝箱里已经空空如也。楚格可能爱搞恶作剧,但如果里面确实有附魔金苹果,他不会假装不知道的。我们都明白,时间就是生命。

我能看出楚格十分沮丧。就算不让他说话,他也相当地有表达欲,只见他整个身子都佝偻着,像没了骨头一样。他应该是希望找到附魔武器和盔甲吧,而不是书和雪球,至少能找到一件不虚此行的东西。

我指向拱形走廊的另一个开口,微笑着耸了耸肩,仿佛在说"也许在下一个箱子里"。就算他们内心崩溃,也得有人保持乐观的心态。

我们回到巨大的走廊,继续在黑暗中穿行。自从听到了那声诡异的尖啸,以及它对我们的眼睛和脑袋所做的一切,我们更加小心地潜行,保持在羊毛或者地毯上行走。楼梯通向未知的领域,窗户外边是无尽的黑暗。我老是看见一些相同的形状,就像带角的脑袋。也许它是一位逝去英雄的雕像,又或许只是这里的人喜欢的独特设计。

玛尔示意我们走到一块宽敞的地毯上。"是不是只有我觉得这里没有怪物很奇怪?"她小声问道,她的话没有引来尖啸声,谢天谢地,"我一直等着听僵尸或骷髅的声响,或者从天而降的蜘蛛,但什么都没发生。"

"无事发生就更糟糕了。"托克有点儿驼着背,一只手拿着火把,一只手笨拙地握着剑,"怪物出现的时候,我们知道如何应对,但没有了怪物,这让我想到……"

"有人把它们都杀掉了?"楚格低声说道。

我的世界　怪物小队3　苦力怕之战

"或者是它们都在畏惧什么。"托克接着说。

我还没想过这一点,内心此时的恐慌瞬间拔高了一挡。

有什么东西会让僵尸、骷髅和史莱姆如此恐惧呢?

这说不通。也许,因为这些奇怪的灯笼,或者不适合捕猎,毕竟这里显然已经有一千多年没出现过新鲜食物了,所以它们就是没法儿在此处生成。又或者说,建造这座城市的人和托克一样聪明,发明了隐蔽的机器来赶走坏人。尖啸声可能就源于这个装置。毕竟,我们生在聚宝盆镇,镇上的所有方向,每隔七个方块就插有一个火把,但我们从没质疑过这些火把的奇怪之处,以及它们存在的合理性。不管这里的何种机制阻止了坏人的入侵,都充满了神秘色彩。对于我而言,正如小时候看见镇上的火把一样,那时的我还未曾被迫前往主世界探险,不知道怪物会在没有光亮的地方生成。

"哇!"玛尔和蕾娜同时停下脚步,惊呼道。

就在这时,一声尖啸划破空气,我们都猛地弯下身子,双手捂住耳朵。

我再次睁眼的时候,看见了他们所看到的场景——

确实值得一声"哇"。

地上和周围的建筑物上都长着许多奇怪的物质,是那种瘆人但漂亮的深绿发黑的物质,还点缀着些许发光的青斑。它与下界岩几乎相反,像是某种深沉阴暗的苔藓。这些物质如同活物一般有规律地搏动着,我分不清这些究竟是植物还是矿石,或者其他什么东西。

"这是什么？"蕾娜小声问道，玛尔走近观察着。

"我不知道，但我从没见过像这样的东西。也许楠会知道。"

"我不觉得楠会知道关于这东西的任何事。"蕾娜说道，"她了解采矿和洞穴，但不知道繁茂洞穴，也不会知道这里——这座深暗之域的远古城市。至少，她的书中从未记录下这些。她讲的从小到大的人生故事中也从未提及过相关的事情。我得把它画下来——"

"我们不能停下。"玛尔装起石块，继续前进，"我们就快到了。我们只需找到正确的箱子。"

她跳到下一层地面上笑道："说啥来啥——是箱子！"

但她的声音不够小，尖啸声再次响起。我几乎快适应这声音了。至少当黑暗消退的时候，头痛欲裂的感觉也会消失。这也许只是暂时性的。

我们跟上玛尔，我不喜欢靴子踩在那些深绿色方块上的感觉，如同踩在海绵似的生命体上。她静静地打开藏在矿层下的盒子，递给蕾娜一些雪球，交给托克几本书，拿了一堆羊毛给我——但我的口袋塞满了，所以这些也交给了蕾娜。

我们匆匆穿过狭小的地下房间，爬上几层楼梯，跨过一座建在熔岩上的桥。前方出现了一座冒着瘆人蓝色火焰的巨大传送门，玛尔赶紧跑过去，试图挖走一块奇怪的深色石头，但挖不动。尖啸声再次响起，我们全都俯下身子，然后又看着对方。玛尔低头疑惑地看着她的钻石镐。

我们聚拢在她身边，她轻声说："这玩意儿比黑曜石还硬。

我的世界 怪物小队3 苦力怕之战

海底遗迹的守护者炸伤我们,还让我们无法采矿,那时候我觉得是自己的问题。但现在感觉就是这石头出人意料地坚硬。"

"比钻石还硬?"托克怀疑地问道。

"比任何东西都要坚硬。就像是被某种方式加固了一样。还有那火焰——为什么是蓝色的?"

"为什么要搞清楚那么多为什么?"楚格问道,"为什么下界岩的颜色像肉?为什么小僵尸喜欢骑东西?谁知道呢?我们就去找到下一个箱子,拿到附魔金苹果,趁还没发生更糟的事情,赶快离开这里。我真的受够那个尖啸声了。"

他显然很无聊,宁可遭遇袭击,也不愿探索一座废弃的城市。不像我,我宁可寻求无聊,也不愿遭遇敌人。

我们绕到燃烧建筑的另一侧,发现这里到处都是火把,但又不是普通的火把,味道有点儿像蜂蜡。我是第一个拿起火把的人,因为我必须知道自己的想法是否正确。

"蜂蜡火把!"我高兴地说。当然,又引起了一阵尖啸声。这次我能看清它了——是一个长有四根尖牙,嘴里满是涡状深绿色物质的方块。它是近乎长在地里的动物,张着血盆大口,等着吃掉毫无戒备的旅行者。至少,它看上去不能自由活动。等到我的头不再疼痛,我把蜂蜡火把放进口袋。我一直想知道,蜜蜂除了产蜜以外还有其他什么用途,现在有了这个新发明,我可以联想到各种用法。我敢打赌,在蛋糕上放上一根肯定会非常有趣。

思考片刻之后,我又往口袋里装了几根蜂蜡火把——当然，是熄灭了火焰才装进去的。就算口袋魔法很神奇，着火的裤子也要另当别论。我们继续静默地穿越这座废弃城市，穿过城墙、灯笼和岩浆，没有任何活物的迹象。我们走得越远，我感觉越不对劲。我们即使在这座建筑里探索上百年的时间，也无法探清它的每一个角落。

我们走下楼梯，楚格轻跳了一下，指向一个箱子。他和玛尔蹑手蹑脚地靠近，轻轻地打开它。

"太好了！"楚格喊道，引发了另一阵可怕的尖啸。

我们再次睁眼时，玛尔抱着一个硕大圆润的、闪亮的金苹果，我不禁和她一同发笑。希望与喜悦在我的心头迸发，不仅仅是因为我们抵达了终点，找到了救治楠的物品，还因为现在我们可以离开这个可怕的地方了。我们都轻声地手舞足蹈，仿佛世间所有的烦恼都已经消除。

玛尔将附魔金苹果塞进口袋，把剩余的战利品分给大家——一副附魔铁护腿、一张音乐唱片、一块煤、一根骨头、许多雪球，还有一本附魔书。我其实想要那副护腿，因为它似乎对于其他人而言太大了，所以我扔下了一些蘑菇，把护腿塞进了口袋备用。我不可能在这里换衣服。虽然这里似乎是被人遗弃，但感觉……我不知道。不像是有人在监视我们，更像是有什么事情将要发生。

"我们要不要先走远一点儿，然后再检查一下是否还有更多宝箱？"楚格轻声说。

玛尔摇了摇头说："别想了。我们拿到了苹果，现在要出去了。"

她转身朝另一个方向走去,楚格在无声的失望中猛烈挥舞着手臂,不小心抽到了托克,只听托克喊了一声:"哎哟!哥!"

就在这时,墙壁另一头传来了可怕的尖啸声。

"也许是地下动物讨厌噪声。我得画下来。"蕾娜赶紧走近几步,在墙边偷看,"啊,确实大有不同。"

她刚说完"这也许是只动物"之后,我猛地想到,它可能处于某种痛苦之中。无论如何,它发出的尖啸声,并非愉快或者镇静状态的声音,而是处于被折磨或者糟糕的状态。我赶紧跑到蕾娜身边,透过墙壁窥视它,竭力地想弄清自己看见了什么。

没有动物——至少没有长得像动物的东西。这是一间大小适中的屋子,里面充满了绿得发黑的物质,一些长着触手的方块,以及几块长得像饥饿大嘴的东西。这里就宛如一个由瘆人方块构成的阴暗花园。

"那些是什么?"我问蕾娜。

"我也不知道。"她低声回复道,"但我基本上认为它们听得见我们说话。"

楚格靠上我们,看了一眼房间里的情况,相当大声地说道:"噢,好恶心!"

它们仿佛回应了楚格的话,所有的触手方块开始疯狂地摆动,大嘴方块发出阴森的绿光。我们再一次听见那可怕、刺耳的尖啸声,整个世界再次陷入黑暗。

22

蕾娜

我想要画下这些奇怪的大嘴方块,但凡能发出如此可怕声音的东西都绝不是善茬。我再次等到黑暗消退,脑袋也不再像被挤压似的疼痛,我几乎都已经习惯了。我往口袋里拿书时,意识到了特别不对劲的事情。

我们已经听到过几次尖啸声,但现在……事情发生了变化。

我反倒拿起了弓箭。

"发生了什么?"楚格在黑暗中低声说道。

我转头看向他说:"我觉得你让它发狂了。"

"让谁发狂?"

我皱着眉头说道:"我还不清楚。但我们会搞明白的。"

我的世界 怪物小队 3 苦力怕之战

黑暗消退,但我的脑袋并没感觉到好转。

头上存在某种压迫感,像是有什么东西坐在我的头骨上。玛尔、托克和贾罗来到我们身边,玛尔看见这座恐怖花园,倒吸了一口凉气。"那是什么东西?"她低语道。

"我不知道,但我觉得它们对我们发出的噪声有反应,也可能是产生了共鸣。"

玛尔小心翼翼地踏上斑驳的黑绿色地面,方块在脚下发出咯吱咯吱的声音。她掏出镐头,蹑手蹑脚地向着舞动的触手方块走去,但没等她接近,我们便听见远处的黑绿色地面中传来了恐怖的轰隆声。

"玛尔,快回来!"我说道,但玛尔就是玛尔,她已经尝试开采那个摇动的触手方块了,这只会让其他地方的方块发出咯咯声和尖啸声。我想捂住耳朵,但又必须时刻准备好弓箭。无论正在发生的是什么,都绝不会让人感到友善或者安全。

"那是……什么?"贾罗指向玛尔身后,我全身发凉,血液如同凝固成冰。

地面开始变形、塌陷,发出轰隆的响声。玛尔也看见了这一幕,全然无视触手方块,快速跑回我们这边。

有什么东西从地缝中挣脱而出——某种巨大的野兽。它的巨爪撕开地面的石块,逐渐露出锋利的尖角,咆哮着从地底爬了出来,缓缓转身。

当它面向我们的时候,我全身都僵住了。

多亏了这难以捉摸的黑暗遮蔽了我的视线，我几乎看不清它。这家伙是个庞然大物，长着巨大的脑袋和肩膀，修长的手臂上长满利爪。它的胸部难道是敞开的？我难以分辨。不对劲——它转向了我们，心脏发出不祥的闷响，在洞穴中回荡。我似乎看见了一闪而过的牙齿，但没看见它的眼睛。

"我不打算去拥抱这家伙，如果有人想知道我现在的想法。"楚格说道。野兽仿佛在回应他似的，直接朝着他疑惑般地咆哮起来。

托克在我身旁，抓住了我握住弓箭的那只手，抬起来瞄准那只野兽，但我摇了摇头。这只守卫黑暗的生物绝非等闲之辈，它更庞大，也更强壮。是我们的声音吵醒了它。这怪物没有眼睛。

它一定是通过声音来判断方位的。

也许，如果我们足够安静，不去挑衅它，它就不会伤害我们。

我向托克投去一个意味深长的眼神，然后指向了我的耳朵。他露出心领神会的表情，点了点头。

楚格举起剑要去战斗，但托克和我都扯住了他的衣服，将他拉了回来。

这家伙太大了。

我们没办法打败它。

"偷偷溜走。"我小声说道。

"没时间溜了。跑！"楚格大喊道。

我的世界 怪物小队3 苦力怕之战

这下子，我们别无选择。

托克率先绕过墙角，接着是玛尔、楚格和贾罗。

像往常一样，由我来殿后，但我开始跑的时候，听见野兽在我身后迈着湿淋淋的步伐，穷追不舍。它似乎不是在奔跑，而是在有规律地持续迈着步子。它散发出一种我无法辨别的奇怪气味，它的动作也不像任何已知的活物。野兽追赶着我们的同时，它的心跳也在加速，强烈的威胁感迫使我们在这座城市残骸之中加速奔跑着。

我们的武器无法击败它，于是我开始怀疑我们是否能够甩掉它。我们之中或许有人可以，但我感觉托克和贾罗无法跑那么快，也没有足够的体力支撑。必须找到其他办法来分散它的注意力。

啊哈！用噪声！

我转过身去射了一箭，故意没有射中野兽。箭矢咔嗒一声击中石块，我停下来观察，只见野兽转头望向了落在地上的箭。

对！有效果了！我可以用声音来分散它的注意力。但我不想浪费箭，那还能扔什么呢？

当其他人径直朝来时入口的方向奔跑时，我把手伸进口袋，摸索着寻找一些可以扔的东西。如果我扔掉曲奇，楚格永远都不会原谅我，但如果怪兽杀掉了我们，也就没有什么被原谅的必要了。紧接着——你猜怎么着？我摸到了一些出乎意料的、冷冰冰的玩意儿。

雪球。

雪球!

这只野兽——我称之为"监守者"——这会儿已经转头看向了我们，准确地说，是看向了我，因为其他人还在奔跑着。于是我往野兽身后的墙壁扔出一个雪球。它咆哮着转过身去，气势汹汹地朝着雪球的方向缓缓走去，接着我顺着长长的石头走廊开始奔跑。我很高兴能够逃离这些绿得发黑，踩上去感觉会挤出汁来的东西，还有那些能感应到我的恶心的触手方块，以及那些尖啸不已的尖叫方块。

我不能称它们为"尖叫方块"，它们只会因为我们潜伏在四周而尖叫，所以……应该叫"幽匿尖啸体"。难以置信，我的脑子竟然在危急时刻想这些事，但无论如何，我就是要弄清楚各种事物的名称。我需要知道万事万物的规则。大脑就是如此有趣。

朋友们在前方奔走，玛尔和楚格并排挤着，跑在托克和贾罗后面，催促着他俩加速前进。仿佛正是因为监守者带来了黑暗，使得大家前进的方向更为明亮，所以我需要加速追赶他们。

咚、咚、咚。

随着我迈出的每一个步伐，监守者的心脏似乎也随之搏动——随着与光明相对的事物而搏动。我无法描述。这要比我想象中的黑暗更加阴沉。

它又追上我了，爪子在地面嘎吱作响，发光的心脏怦怦直跳。

　　它的真实速度比看起来的速度更快，毫不松懈，迈着宽大的步子，呈现一副专注的姿态。只要我们还在发出声响，它似乎就要追我们到天涯海角，因为我们无法停止发出声响。

　　如果有什么办法可以掩盖我们的声音就好了……

　　我再次加速，超过楚格和玛尔，来到贾罗身边。我喘得上气不接下气，肺部像烧起来一样，但还是低声说道："贾罗，把你所有的羊毛都给我。"

　　贾罗好就好在，他不会像楚格那样开玩笑，也不会像托克那样问无数个问题，他要是有能力办到，就会立刻按照你说的去做。于是，他把手伸进口袋，把一路上收集的羊毛全掏出来给了我，加上我从箱子里收集到的羊毛，总共有十一个羊毛块。我点头表示感谢，然后停下来，让其他人跑过我。我往监守者身后扔了一个雪球，它转过身，循着声音的方向走去的时候，我悄悄地在走廊上布下五个羊毛块，有效地形成了一个屏障，减弱了我们发出的响声。

　　现在，监守者调查完雪球的响动，面朝我转过身，头扭来扭去，似乎在试图寻找我。我拿着雪球试探性地向后退了一步，但监守者似乎并没有听见。

　　噢，如我所愿！

　　我继续扔出另一个雪球，然后跑了几步，又扔出下一个。监守者一直跟着雪球跑，我不知道它是否能够跳过或者破坏羊毛块，所以我用尽全力往走廊深处又扔了一个雪球，然后用最快的速度跑去追赶我的伙伴。

我双腿发烫，呼吸急促，但我知道，在这个充满阴郁的远古城市里，最糟糕的事莫过于停下来等待监守者捕捉到我们锣鼓般的心跳声。我们离那只野兽越远，就越容易看清周围的环境，仿佛正是它带来了一场黑暗风暴，而我们终于摆脱了它的追逐。我竭力听着那湿哒哒的脚步声、愤怒的咆哮声和急促的心跳声，但再也没有监守者的踪影了。

我们已经不再狂奔，也不能狂奔——不想触发那些尖啸体。托克一瘸一拐地走着，贾罗撑着一边肋骨走着，楚格和玛尔还在小跑，但显然十分痛苦。我紧随其后，身体几乎快要崩溃了。监守者是我见过的最可怕的东西，我只想要回到外面，在阳光、月夜或者大雨中呼吸。我不在乎，只要别再被困在黑暗之中。我喜欢洞穴，但并非此般暗黑之域。

我们经过有蓝色火焰和雕像的地方时，触发了几次尖啸体，但没停下来查看是否有更多的监守者，因为我们一心只想离开这里。我们终于抵达了城市边缘的门扉，从这里起，只有暗黑的隧道，但至少我们的火把又能派上用场了。没人说话。我们达成了某种深入骨髓的共识——离监守者越远越好。玛尔领头，迈出不紧不慢的步伐，这很不错。因为在一条长而笔直的走廊里奔跑还算安全，但在布满岩石和碎屑的崎岖洞穴里奔跑，简直是大祸临头。我依旧走在队伍最后，竭力听清监守者追逐我们的声音。我相当清楚地知道，如果它追上我们，我会是第一个直面它愤怒的人。

我的世界　怪物小队3　苦力怕之战

当我听见骷髅射箭发出的咔嗒声,我先是震惊一缩,随后掏出我的弓箭将其撂倒。我没有去拾取它掉落的任何物品;没有什么值得我再靠近监守者。

幸运的是,这是一条通畅而且没有岔路口的隧道,我敢肯定,我们都快累倒了。我在无尽的长夜里奔波,身前身后都危机丛生,仿佛陷入一场恐怖的梦境。直到看见前方闪烁着金色光芒的发光浆果,直到进入到公认很安全的繁茂洞穴,我才感觉终于舒了一口气。

玛尔没有立刻停下脚步——她带着我们近乎一口气跑回到我们发现的第一处池塘,我们曾在那儿观赏美西螈玩耍,我曾坐下来临摹洞穴景观。须臾之间,我们仿佛在旅途中度过了一生,在沿途发现的各种新奇事物之中,我确信监守者和远古城市是我最不喜欢的。我宁愿那些正面相遇、直截了当的怪物,也不愿迎战需要偷摸躲避,难以看清真面目的怪物。凋灵也许十分骇人,但它有一种真实与简单。你很清楚它下一步将会做什么。

楚格立刻仰面躺倒在地,却被自己盔甲发出的响声惊了一跳。

"我们可以发出声响了吗?"他低声说道,"那家伙还跟着我们吗?"

"我觉得没跟着了。"我说道,声音低缓而轻柔,倚靠着一块岩石坐下,"我很久之前就没听见它的声音了。我觉得它可能无法离开黑暗环境。但愿如此。"

"我觉得我再也不会大声说话了。"托克悄悄地说道。

其余的人围躺在水池边,但玛尔仍皱着眉头,来回踱步。"我们得吃东西。"她说道,"还得睡觉。我们出去之后,还得面对苦力怕头,还有那只凋灵。就让我们在这里搭建庇护所,假装度过了一个普通的夜晚吧。"

"我们不应该去到洞穴外面吗?"楚格问道,"这样'地底怪物'就不会找到我们了吧?"

"它是监守者。"我说道,然后掏出了我的画本,开始描摹,"我这么称呼它。感觉它像是在守卫那个地方,你明白吗?"

"但地底怪物更顺口嘛。"他争辩道。

"但我已经写下了,就叫监守者。"我把书递给他看,他看到我的画时,眼睛瞪得大大的。

"你的画画水平越来越好了,蕾娜。它比我记忆中的样子还要可怕。"

"我画得相当逼真了。"我说着,回忆起它恶臭的气味和它发光心脏沉重的跳动声。

我分发了一些面包,大家吃下之后,恢复奔跑时消耗的体力。玛尔和贾罗体力恢复后,挑选了一个适合搭建庇护所的地方。玛尔将地面铺平,贾罗开始搭建围墙。至少这次我们不会和马匹一起住在里面——它们在封闭的入口处有自己的围场。这提醒了我……

我吹了一声口哨儿,远处便传来了一声吠叫。不久后,波比欢快地向我奔来,吐着长长的舌头,露出小狼特有的微

我的世界 怪物小队3 苦力怕之战

笑。我拍了拍它,揉着它的肚子,还给了它一根骨头。同时,托克也忙着去找他的猫咪。

"我真的很想念小家伙。"楚格叹了口气说道。

"把美西螈放到口袋里或许不是个好办法,但你肯定能跟它玩耍。"我提醒他说道。楚格很快便脱下盔甲,到池子里和那些小动物一起游泳。托克也带着他的小猫回来了,它们在他身上喵喵地叫个不停。感觉一切都恢复了一点儿常态。

搭好庇护所和摆好床铺之后,我们吃面包、苹果、羊肉和发光浆果,肚子吃到撑才感觉完全从一天的艰辛之中恢复过来。说来有趣,我在家的日子十分简单:起床,给楠带早餐,在花园闲逛,练习射箭,读书,给楠的马喂食,拜访小伙伴。有时候,时光过得很慢,像是我在等待某件事情发生一样。但当我们外出旅行,一天所经历的,便可能是在家一个月才能体会到的感受。我们经历了如此多的事情,产生了如此多的情感。我希望有更多的时间安静地独处,恢复精力,放空自己。我想我喜欢这两种日子混合的感觉,有时缓慢而甜蜜,有时漫长而紧凑。我很高兴地结束了这一天。

那一晚,我躺在床上,小狼睡在我脚边,朋友们睡在我身旁,墙壁上挂满了火把,我不禁想起监守者的模样。在这次旅途中,我们已经遇到了三种无法打败的怪物——监守者、凋灵和远古守卫鱼。我们也许能打败一只远古守卫鱼,但在它们遍布各处的海底遗迹……想都别想,我们差点在那儿丢了性命。

小时候,我们不知道聚宝盆镇的墙外存在着何种事物。

之后，我们去到了墙外，发现了妙不可言的事物和恐怖骇人的事物。僵尸、骷髅、卫道士、女巫、唤魔者，还有苦力怕。起初，它们将我们打败，但后来我们学会了新技能，收集了新装备，更加熟悉它们，也可以战胜它们。随后的冒险中，我们遭遇了想要伤害我们的人类，我们也学会了如何战胜他们。但在这次旅途中，我们都上了一堂有价值的新课：无论你多么高看自己，总会存在一些比你更为强大的事物，你必须知道，战斗不是战胜强大的唯一方案。这并不意味着我认可小镇长老建起高墙，并进一步限制我们前往主世界探索的举措，但这确实体现出教育孩子的价值所在，要让他们知道自己并非战无不胜，无论自己有多么强壮，外面总有更强大的事物存在，而当逃跑是最佳选择的时候，这并无对错。有时候，活着便是上策。

即便有伙伴们的支持，我也不知道自己能否再次面对监守者，但可以肯定的是，我会确保后人知晓它的存在。这也是我会随身携带这个画画的本子，并将一切所见所闻记录下来的原因。求知永远胜过无知。我想要保持一直学习的状态。

我想，明天我们就会知道是否能战胜凋灵，并且存活下来。

23

玛尔

我是一睡醒就开始忙活的人。在家的时候，我一起床就急着去照看奶牛，因为它们需要我的照顾，我的父母也是这样照顾它们的。外出冒险的时候，我一起床就准备好了迎接一天的挑战。对于今天而言，这意味着我们会离开洞穴，看看苦力怕头和凋灵是否在外头等着我们。

我们收拾好床铺，拆掉庇护所，空气中笼罩着一种不祥的气氛。应该是监守者让大家产生了一种恐惧感，这种感觉既新奇又令人讨厌。楚格甚至连吃饭的时候都默不作声，整理自己的口袋时也静悄悄的。托克掏出随行工作坊，使用我们找到的附魔书，提升了各种盔甲的防御能力。现在，楚格的两把剑、胸甲、头盔和三叉戟都有了附魔。对于我们其他人而言,主要是附魔了胸甲。对于托克和贾罗来说,附魔了他们的靴子——如果他们遭遇需要逃跑的情形,就能跑得更快。这倒是明智之举,但我希望他们永远都用不上。先前的分头行动仅是权宜之计,我们团结在一起将会更加强大。

贾罗站在围场前,手搭在木头栅栏上,但并没有像他该做的那样拆掉栅栏。

"有什么问题吗?"我问他。

他揉着哼哼的鼻子,皱着眉头说:"如果说,我们知道自己将要步入一场战斗,那将动物们牵连进去似乎并不是个好主意,至少别将马和猫牵扯进去。如果我们要同时对抗苦力怕头和凋灵,场面也许会陷入混乱,可能出现苦力怕头要伤害马匹,而我们却要应对凋灵的局面,反之亦然。也许,它们应该留在这里,留在围场里,直到我们安然无恙归来。"他充满期望地抬起头来,"也许,我们可以使用迅捷药水。直接破门而出,然后跑掉,将苦力怕头和凋灵都甩在身后,让他俩惺惺相惜。"

现在轮到我皱眉了:"嗯——我们并不知道凋灵是在外守候,还是游荡到别处。但我们知道,苦力怕头会一直跟着我们,直到他得到自己想要的。我们不想将他引回小镇,也许他还不知道小镇的存在,我们可不想再带回一个奥洛克般的人物。"

"但如果他就是奥洛克呢?"我能听出贾罗语气里的恐惧,"然后怎么办?"贾罗继续追问。

我的世界 怪物小队3 苦力怕之战

我用手握住他的手臂,因为他的个头儿比我高许多,我要是搭他的肩膀会很奇怪。"然后,我们就将他制服。托克有可以对人使用的喷溅药水,所以我们不必……"

"伤害他们?"

我点点头:"或者更糟。但我们得先出去,以最好的状态迎战。否则,我们会承担将两名危险敌人带回小镇的风险。你能想象凋灵出现在镇中心的场景吗?它会伤害多少人?还包括小孩子!更别提它会摧毁多少房屋了。"我摇了摇头,"我们不能让这事发生,必须结束这一切。但你知道……"

我不敢相信自己还未曾思考过这些。

"既然我们要使用弓箭与凋灵战斗,你、托克和楚格就需要盯紧苦力怕头。我认为你说得没错——我们应该把动物们留在这里,锁好栅栏,封好入口。然后,蕾娜和我便会找到掩护,开始射击。你们就去找苦力怕头。"

贾罗似乎并没有完全跟上这个计划。"然后呢?"

"把他绑起来吧。只要摘掉他的头套,我们就更清楚该如何处置他了。"

我将这个计划告诉托克、楚格和蕾娜。托克将我们的木头物尽其用,合成了更多的箭矢和几把空余的弓箭。蕾娜和楚格则在整理他们的口袋,确保能容易地取出武器。楚格已经将他的三叉戟交给了蕾娜——虽然极不情愿。

"你觉得什么东西会对苦力怕头有效?"我问托克。

他忙于手头的事,甚至都没抬头看我。"添加了一些额外成分的缓慢药水。就是我用来制造第一次陷阱的药水——它让羊变得迟缓，如同冻住了一样。他中招之后就没法儿还手或者逃跑了，能牵制他一些时间。"

"哇，我就不能把他打得鼻青脸肿了吗？"楚格喊道。

"我们的主要目标是制服并揭开他的真面目。"我坚毅地说道，楚格正像小狼波比一样，需要一颗定心丸。

"我能就只给他一拳吗？为了贾罗？"

我努力地抑制住笑容："'制服'的意思有很多，但我们不能冒任何风险。我们如果能利用托克的药水袭击他，就得抓住这个机会。抓住他比报复他更重要。"

楚格握紧了拳头："就报复一点点呢？"

"哥哥，我觉得他被小孩儿用药水抓住，还被扯下头套，像一袋土豆似的被拉到小镇街上，任众人取笑，已经足够凄惨了。"托克一边忙活一边说道。

"好吧，如果手肘不小心撞到了他的肚子，只能算他倒霉喽。"楚格耸着肩，转了会儿他的手肘，"手肘就是偶尔会撞到人。"

随后，我来到蕾娜身边，发现她正坐在地上，画本摊放在膝盖上，波比陪在身旁。

"你准备好了吗？"我问道。

"我永远不知道自己是否准备就绪。"她以"蕾娜式"的口吻说道，"但我应该准备好面对真相了。你若是想要我射箭和投掷三叉戟，这是我的强项，那么我就会专注于此。"

我的世界　怪物小队3　苦力怕之战

我认同地点了点头："说得好。与我的想法一致，除了投掷三叉戟这事。你会带上波比一起吗？还是将它和马留在这里？"

她抚摸着小狼的脑袋，波比翻过身来想要她揉揉肚子。"我觉得她能帮我们对付苦力怕头，但要是被那颗凋灵骷髅头颅砸中，她可能就会……"蕾娜打了个哆嗦，摇着脑袋说道，"我会让它留在这里。"

她向小狼波比倚靠的时候，我得以目睹画本中的内容，她画的监守者惊人地栩栩如生，也十分恐怖。"哇！你确实近距离看清了监守者吧？"

"特别近。我希望自己能知道，深暗之域中是否有许多监守者，还是说就仅此一只。"

现在一想到我挖的洞穴或者矿脉可能突然通向一座巨大的远古城市，里面遍布蓝色火焰，还有时不时为了它们的保卫者——或者保卫者们——而尖啸的触手方块，就轮到我直打哆嗦了。这绝对让我丧失了一些挖矿的兴致——至少不会挖得太深。

我站在原地伸出手来，但蕾娜自己站起了身，因为她确实不喜欢太多的肢体接触。她把本子放回口袋，告诉波比进入围场和马儿们待在一块儿。托克也准备好出发了，收拾好了他的工作坊，坚定地告诉康多和克拉里蒂要和其他动物待在这里。

"宝贝，你不会喜欢外面的环境的。"他抱起康多，四目相对地说道，"那怪物会发射能爆炸的骷髅头颅。"

不久，我们便站到了洞穴入口，要不是我用两个方块完美地堵住了这里，根本看不出这里有个入口。我没听见任何爆炸声，但这不意味着凋灵已经离开。也许，只有当猎物出现在视线里的时候，它才会发射骷髅头颅。蕾娜备好了弓箭，楚格挥舞着剑，贾罗尴尬地握着镐，托克的一只手颤抖地拿着剑，另一只手拿着玻璃瓶。说实话，托克既不擅长用剑，也不擅长投掷，所以只能寄希望于他能十分靠近苦力怕头，然后使用喷溅药水。

"大家准备好了吗？"我问道，竭力让我的声音显得坚定。

"我准备好揍一顿'苦力怕臀'了。"楚格高喊道。

"我准备好扔瓶子了。"托克喃喃道，玻璃瓶差点儿从他手中滑落。

"我准备好射箭和投三叉戟了。"蕾娜说道。

"我……我从来没准备好过，但如果谁受伤了，我这里有牛奶。"沉默的贾罗接着说道。

楚格顶了顶他的肩膀说道："伙计，牛奶可是物超所值。你手头的镐已经极致附魔，你魁梧高大，还全副武装，去给苦力怕头一点儿颜色瞧瞧。这次，他没法儿出其不意地袭击你了，对吧？"

贾罗点点头："对的。他上次确实出其不意。"他转向楚格，挑起一边眉毛，"你觉得我魁梧吗？"

"别说了。"楚格嘟囔道，"我们出发吧。"

我徒手拉出两个土块，塞进口袋里，换上我的弓箭。蕾娜和我率先出洞，分别前往洞口两侧。她随即爬上一处崖壁，藏

我的世界　怪物小队3　苦力怕之战

到了一块巨石后面。我则爬上了一棵树，找到稳定的位置坐下。至少还是白天，虽然天空阴沉多云。不过，凋灵尚未出现，于是我低头看着楚格爬出洞口，手里拿着剑，仿佛随时要夷平整个山头。接着出来的是托克，努力跟紧他的哥哥——虽然块头很大，但行动迅速。然后是贾罗，他近乎想要直接跑回洞穴。

这一幕使我顿悟，虽然我把贾罗视作我们之中的胆小鬼，但逃出小镇和直面曾经痛扁自己一顿的敌人，需要巨大的勇气。我们之中，他是唯一一个曾和苦力怕头近距离接触并被攻击的人，如今还和我们在一块儿，尽管惊恐万分，却仍然愿意去做正确之事。他已经不再是成天蹲在镇中心，朝我们扔烂土豆的恶霸了。我只希望我们其余的人能设法护他周全。

嘣！

我寻找着声音来源，发现我所在的树下的草地上有一块灼烧过的痕迹。不过，我并不认为是凋灵骷髅头颅炸的，这令我疑惑不解。

"那是什么？"我喊道。

"炸药！"托克回喊道，"他在扔炸药！"

他指向蕾娜头顶的桥梁，我得以看见一颗藏在草丛后方的绿色苦力怕头。从蕾娜的位置无法观察到他，正当我小心翼翼地瞄准，准备放箭，给苦力怕头一点儿颜色瞧瞧的时候，爆炸声再次响起，这一次的声响来自更高的山头。

是一颗漆黑的骷髅头颅。

凋灵返回了战场。

24

托克

凋灵带着爆炸物出现的时候，我的耳朵还在因上一块炸药爆炸而嗡嗡作响。玛尔和蕾娜立即开始箭雨般的射击，我知道自己没法儿打到凋灵，得专注在苦力怕头身上。从他目前的优势地形来看，他没办法分散玛尔和蕾娜的注意力，毕竟他无法向上扔炸药，但我也不会放过他。我们不指望他会像一个理性的人那样待在原地，努力闪避三头飘浮骨架搞出的爆炸。关于他，我们只知道两件事：一是他想要伤害我们，二是我们应该期待意外发生。

楚格在我身边思考着自己爬到苦力怕头所在的山头有多艰难，但他一定会得出我已经想到的答案：他不擅长攀爬，而且也无法及时爬到那儿，苦力怕头会朝他扔出另一块炸药。

我的世界　怪物小队 3　苦力怕之战

楚格是最勇猛的战士，但在这场战斗中，他毫无作用。

我也是。除非我能特别接近苦力怕头，用我的药水攻击他。

最理想的情况是，我们都一直在操练弓箭，这样就能分出火力对付两个敌人，但事实并非如此。我们为什么要这样做？我们从来没有试过兵分两路，使用上佳的远程武器和敌人作战。在以往的旅行中，我们大多是和没脑子的怪物近距离战斗。这就意味着，运用聪明才智便是我们唯一的答案，因为这一次，光靠蛮力是无法取得胜利的。

"楚格。"我扯了扯我哥的衣角，试图引起他的注意，他不情愿地和我一起躲到巨石后面，"你能从这里扔一瓶药水打中他吗？"

我哥接过玻璃瓶，在手中掂量了一下，然后摇摇头递给我："我很想说可以，但我觉得不行。贾罗呢？"

贾罗的眼睛瞪得又圆又大，一动不动，从我们离开洞穴以来他就一直呆坐着。

"贾罗！"我叫了他一声，但他只是摇头。

楚格抓住他的胳膊，直接将他拎起，移到我们的圈子里。"听着，伙计。你得清醒过来，我们需要你。"

"好的。行。当然。"贾罗看起来大脑和身体似乎在不同的地方。

"你能从这里扔一瓶药水砸中苦力怕头吗？"我问道。

贾罗低头看着自己的手指，他紧握着斧头，指关节都发白了。

他的手在颤抖。

"我现在什么都做不了,"他说,"我害怕浪费一瓶药水。你要我试试吗?"

我看着那瓶药水。我只剩下一瓶了。谁知道我会在这个旅途中需要这么多发酵蛛眼呢?

"不,只有两瓶药水,我们不能冒险。"

嘣!

又一块炸药落到我们附近,足以炸飞我的头发。

苦力怕头瞄得越来越准了

好的一面是,由于蕾娜在他头顶,玛尔在树上,他无法用炸药击中我们中的任何一个人。坏的一面是,由于女孩儿们被凋灵分散了注意,我们无法爬到苦力怕头所在的位置亲手解决他,否则我们就要直面爆炸力超强的炸药。

如果我们可以——

等一下。

我知道我们该怎么办了。

"待在这儿。"我告诉楚格和贾罗。

楚格抓住我的胳膊。"弟弟。"他以警告的语气说道。

"哥,我知道自己在干什么。"

"别被炸飞了!我不允许你被炸飞。也别再被骷髅头颅砸中了。你要好好的,眉毛也要好好的。"

我点点头:"我向你保证,我眉毛很多。"

我的世界　怪物小队3　苦力怕之战

他先是握紧我的胳膊,然后放开,我将剑和药水塞进口袋里,飞快地跑到了玛尔所在的树旁。苦力怕头扔了一块炸药,但我准备就绪,以一条大弧度的弧形路线避开了他。我匆匆爬上了玛尔的树,时刻注意着飞来的骷髅头颅,但凋灵似乎集中于攻击蕾娜。她周围的悬崖现在布满了崎岖的石头和黑色的烟灰,她在不断地变换位置。

"托克?"玛尔没有停止射箭,也没有转头,"怎么了?我忙着呢。"

"我们得击倒苦力怕头。"

"我知道。这取决于你们。我得继续射击凋灵。"

"玛尔,苦力怕头在扔炸药。"

玛尔被惹恼了:"这我也知道。"

咔嗒!咔嗒!咔嗒!她的箭矢不断射出。

她确实一直都在练习射箭。

"玛尔,他在瞄准的时候会把炸药举过头顶。"

我与她的目光短暂相接,她伸手从口袋里拿出了更多的箭。"下一次他举起炸药的时候,你大喊'现在',我会尽力而为。我能给你一次机会,但我们必须先解决凋灵。"

"你可以一箭击毙苦力怕头。"我告诉他,"但你现在就要动手。"

"托克,离开这儿!"

我听见玛尔声音中的绝望时,我才发现黑色骷髅头颅正朝着我们飞来。我飞快地爬下树梢,直接从最后几米高的地方摔了下来，所幸避开了头顶的爆炸。

我疼得直喘气，还没来得及抬头，便尽我所能地去接住从树上掉下来的玛尔。

凋灵骷髅头颅击中她了。

"托克——拿走我的弓箭。"玛尔低声说道。弓箭从她的手中滑落，她掉了一堆箭在地上，而我尽力托着她，以防她倒下。

玛尔几乎在我的怀里无力地躺着。楚格从他躲的石头后面冲出来，从我手中接过她，像抱着婴儿一样向洞穴口跑去。

"托克，快跑！"贾罗大喊道，我抬头看见苦力怕头正将一块炸药举过头顶。

我抓起玛尔的弓和一堆箭，向巨石后的安全处狂奔。炸药在我身后爆炸，冲击波将我朝前一推，我不得不用手掌和膝盖重重地着地，但我安然无恙，没有大碍。

"我们现在该怎么办？"贾罗声音颤抖地问道。

我站起身，喝下一瓶治疗药水，仔细观察着情况。

被凋灵骷髅头颅袭击多次之后，蕾娜不得不放弃原来的点位。她爬上另一个山崖，蹲伏到另一块巨石后，不断发射箭矢，有规律地攻击凋灵，并用三叉戟在射箭间隙命中那只可怕的怪物。每次三叉戟回到手中的时候，她都能接住。我能感觉到，蕾娜的射击卓有成效——凋灵看起来很疲惫，每次被蕾娜击中的时候，它都会发出痛苦的嘶吼声。

嘣！

我的世界 怪物小队3 苦力怕之战

这次的爆炸声巨大，以至于一开始我以为是蕾娜解决掉了凋灵。但后来我发现了事情的变化——它这会儿像是穿上了盔甲。我听到了沙沙的脚步声，发现有三个巨大的凋灵骷髅正朝着我们走来，就像我们在下界看到的那些一样。我感到寒意从脚底传来，贾罗喘息不止。

"我们必须撤退。"我说道，"我们必须回到洞穴从长计议。"

"但苦力怕头……他会跟着我们的……他永不停息……"贾罗咬牙切齿地说道。

"蕾娜！"我喊道，并从石头后面走出来，进入她的视线。

她没有往下看，专注地朝凋灵射击，但她的箭已经无法对身穿盔甲的凋灵造成任何伤害了。

说真的。

直接命中，但毫发无损。

这是什么东西？

"蕾娜！"我喊道，声音近乎沙哑。

她有点儿恼怒地看着我，我指着洞穴的方向。她摇了摇头表示拒绝。

"弓箭没用了！"我喊道。

嘣！

苦力怕头又扔出一块炸药，两次的爆炸点距离很近，我踉跄着后退了几步。

我不知道我还能做什么。她要么会理智地对待这事，要么不会。

我们必须撤退。

"贾罗,快走。"我说道。

"我……我不知道能不能成功撤退。"

他闭着眼睛将身体贴在巨石上。

嘣!

一颗黑色骷髅头颅将附近的一棵树变成了一团黑炭。

爆炸声不绝于耳,我甚至也不知如何是好。

唰唰,唰唰。

凋灵骷髅出现了。我抓住贾罗的胳膊,一把拉着他和我一同朝洞穴跑去。

"嘣!"

这次不是爆炸的响声,而是人的声音。

我抬头看见苦力怕头站在我们面前,手里拿着一块炸药。我看不见他的脸,也看不见他的眼睛,但我能听见他无情的笑声。我十分害怕,完全忘记了他正好站在了我们和洞穴之间。

"你是谁?"我喊道。

"我是——"他开始说道。

嘣!

他举过头顶的炸药瞬间爆炸,将他炸得飞到了山上。

蕾娜出现在上方的山脊处,手里拿着弓箭,正是她完美地一箭射中了苦力怕头手里的炸药。

"跑!现在!"

我们撒腿就跑。

25

楚格

玛尔的情况危急，而我却无能为力。

所有的牛奶都在贾罗手里，但他还在外面。我没有药水，也没有食物。我知道自己应该随身携带一些，但我很容易饿，还常梦想我们会碰到一条河流、一片有羊的草地或者全是馅儿饼和曲奇的繁华自助餐。最后一幕只梦到过一次，但梦想还是要有的。

"就快回来了。"我告诉她说，"别担心，贾罗很快就到了。"

"从没想过这些话会从你嘴里说出来。"她结巴地说道。

"从没想过你会再次中毒。你有食物吗？有什么能让你撑下去的东西？也许，你可以在这儿等着，我去摘一些发光浆果，或者你可以吃美西螈——"

玛尔抓住我的手腕，动作虚弱却坚定："别走……我们都知道你不可能杀死一只美西螈。"

"我也许会为了救你而这样做。"

"你可以试试。"

没错,她知道我下不去手,因为她是我最要好的伙伴,比任何人都更了解我,也许托克除外。我可能会先切断自己的手臂来喂她,才会去抓可爱的动物。

我坐下来试着让她感觉更舒服一些,但这里是洞穴,很难让人感到舒适。"玛尔,不过说真的,你口袋里有没有食物呢?吃一些可能会有所帮助。"

"食物对托克都没用,需要喝牛奶。"

"噢,说得对。"我看向洞口,贾罗并未出现。我看向马匹,它们没有乳房。"你觉得我能从美西螈身上挤出牛奶吗?"

她声音微弱地轻轻笑道:"我敢打赌味道肯定很腥。"

"我得去找贾罗。"我说着,想将玛尔从我身上挪开,站起身来。但这不容易——她很沉而且全身瘫软,就像是连自己的肌肉都无法控制。

就在这时,贾罗冲进了洞穴,托克和蕾娜紧跟其后。

"你们杀掉了凋灵吗?"我问道,"也抓住了苦力怕头?"

"算是吧。"蕾娜说道,"你们要转移到洞穴深处,我们得在这儿击败凋灵。它现在有了盔甲,我们需要剑,弓箭已经没用了。"

"弓箭怎么了?"我大喊道。

"你们得抓紧时间。"托克说着拔出了剑,"它来了。"

我的世界　怪物小队3　苦力怕之战

当某种方块堵住入口之后，洞穴里变得越来越暗。我将玛尔抱到我的胸前，站起身来。"贾罗，你必须带她离开这里，去到一个安全的地方，喂她喝牛奶。"他却站在原地，眨着眼睛，我则喊道："现在！你可以做到！"他还是一动不动，我便将玛尔交到他的怀里，并说道："我相信你。"然后转身面对逼近的凋灵，掏出了我的剑。我必须相信他可以做到。

他必须相信他可以做到，但这是个更高的请求。

我听见他的脚步声，然后是某种难以置信的声响。我转过身去，看见他一只胳膊将玛尔像面粉袋一样搭在肩上，同时从马围场里取出了一块木板。贾罗这个软心肠——他不想让他的马在凋灵出现的时候被困在角落里。但马匹们并没乱动，因为它们还没察觉到怪物的到来。但波比疯狂地吼叫着，飞奔到蕾娜身边，毛发竖立。

我决定了，绝不能让凋灵深入洞穴。这是我的机会。我深吸一口气，直冲向眼前的凋灵，用剑刺穿它。我不停地快速猛攻它，使它几乎无法发射骷髅头颅，也无法通过隧道，而且我意识到，这可以成为我们的优势。

"托克！我需要你的剑！"我喊道。

"但我不是很擅长——"

"弟弟，你甚至不需要瞄准！只需要快速攻击它！我会让它转个方向。你准备好。"

当我听到托克的脚步声朝我奔来时，我立刻跪倒在地，手持着剑，从凋灵下面滚过去。洞口附近的空气有所不同，我几乎能感受到外面的阳光在努力挣脱云层。我起身挥舞着剑，凋灵继续转过身来面对着我。

"没错，丑八怪。"我嘀咕道，"继续转。"

近距离地看凋灵使我浑身发冷。它有三颗巨大的头颅，眼睛散发着白色的光芒，骨头乌黑发亮，如同被烧制和抛光过一样。它的味道像是被放在烈日下两个星期的蘑菇汤一样。

托克首次攻击它的后背时，它呻吟了一声。我得意地笑了，因为我现在有了自己的个人沙袋。

或许该叫"刺穿沙袋"。

我奋力攻击，不再给它发射骷髅头颅的机会。在它的身后，托克的攻击也接连不断。这形势对托克来说非常完美——它不能移动，也不能反击，现在只会呻吟。

嘣！

凋灵的爆炸将我冲击后退。

我躺在地上，身子一半在洞里，一半在洞外。眼看阴暗的云层散去，露出耀眼的蓝天。有什么东西咯咯作响，我抬头一看，另一只高大的灰色凋灵骷髅手持一把剑正朝我而来。还有一些灰色的东西跃过我，波比则跳到洞外，咆哮着。令我惊讶的是，其余的凋灵骷髅突然转身，撒开白骨腿便跑掉了。我坐起来，观察它是否会浑身起火，但并没有——它们只是消失在了森林里。

"哥。"托克呜咽道。

我摇着头爬向他:"弟弟,你还好吗?"

他满脸茫然,手里的剑掉到了地上:"我想我没能信守承诺。"

我更用力地摇头:"什么承诺?"

他指着自己的额头说道:"我敢肯定那次爆炸烧掉了我的眉毛,但也烧掉了你的,所以……"

波比咆哮着赶走另外两只凋灵骷髅的时候,托克和我蜷缩在洞穴的地上,疯狂地笑着,好像烧掉眉毛是世界上最有趣的事情。凋灵骷髅死亡的地方有一颗奇怪的紫色星星,托克将其放进口袋里。我相信蕾娜或楠能知道这东西的来历。我的肚子咕噜作响,托克递给我一片鳕鱼肉,我狼吞虎咽地吃下去,然后站起身来,伸手拉他。他的眉毛现在又长出来了,多亏他明智地在口袋里留了食物。我拥抱他,拍着他的背。

"我们打败了凋灵!"我说道,"我们做到了!我们一起做到了!"

我还记得……

"玛尔!"

我跑过托克和马匹,回到贾罗扶起玛尔的地方。她的状态已经好了许多。

"牛奶。"她说道,上唇沾满了白色液体,"对身体有好处!"

"我很高兴你挤了那些哞菇的奶。"我拍了拍贾罗的背。

"我当时挤奶更多是出于好奇,而不是其他原因。"他低头说道。

我双手搭住他的肩膀,让他看着我:"伙计,你刚刚救了玛尔的命。如果没有你的牛奶,她和托克可能都没命了。"

他开始意识到这一点,点了点头道:"那我很高兴自己挤了一群哞菇的奶。很高兴能对大家有所帮助。"

我知道,他觉得自己没有做出多大贡献,而且还觉得自己是个懦夫。但我也希望他能明白,尽管没有在前线作战,但他在这场战斗中也发挥了重大作用。不过,我不知道该如何告诉他这一点,也不知道何种方式才会让我俩都不觉得尴尬。所以,我只是再拍了拍他的后背,说道:"干得不错。"

大家都站了起来,玛尔分发了一些食物,但蕾娜十分紧张,波比看守着洞口。那时我才想起——苦力怕头还在外面。

"苦力怕头怎么样了?"我说道。

"蕾娜在他手持炸药的时候,用箭射中了炸药。"托克解释道,"然后将他整个人炸飞了。"

"我有充足的食物,我们去逮住他吧。"蕾娜说道,手里拿着绳索,面容坚定,"楚格、玛尔,你们能拿上剑吗?"

"你还好吗?准备好继续战斗了吗?"我问玛尔。

她笑道:"再好不过了。让我们去逮住那浑蛋。"

我们拔出剑,跟随蕾娜走出隧道,来到阳光下。我在洞里完全失去了时间的概念,但感觉可能是中午了,阳光高高地照耀着一些蓬松的云朵。波比咆哮着走在我们前面,腿部的肌肉有些僵硬。估计她还能感受到威胁的存在,或者就是

我的世界　怪物小队3　苦力怕之战

她赶走了那些可怕的凋灵骷髅。要不是第一只凋灵骷髅掉落的头颅在地上留下的爆炸痕迹，以及碎裂的石头和折断的树枝，这里的一切都与往常无异。

起初，我们并没看见苦力怕头，但波比在一处灌木丛后嗅探，他曾站在那里朝我们扔炸药。我们跑过去，发现敌人已经不省人事。他的苦力怕头仍然完好无损，我翻看他的衣服上是否有显示他身份的标志。他的每一寸皮肤都已全副武装，包括手套和高筒靴。他的苦力怕绿色披风遮住了常规的黑裤子和黑衬衫。据我的观察，他是一个瘦高的男人，但我记得奥洛克又矮又壮。

"能揭掉面罩了吗？"玛尔问道。

我的剑指向他的胸口，尖端刺进了他的衬衫，让他知道我们是认真的。

"蕾娜，为什么不交给你来做呢？"

波比站在她身旁，蕾娜伸手取下了苦力怕头的头盔，露出了……

我们的邻居克罗格。

甜菜根农克罗格。

自命不凡、讨厌小孩儿的克罗格。

曾经企图使唤带毒药的恼鬼要消灭我们镇上所有的庄稼，逼迫全镇人民离开，从而自己独享资源的克罗格。

显然是昏迷不醒的时候还会打鼾的克罗格。

"他不是应该在监狱里吗？"我说道。

"他简直罪恶滔天，"蕾娜咆哮道，"罪大恶极！"

蕾娜用绳索将他的手脚紧紧绑到一起，他甚至没有眨眼。

玛尔用脚踹了一下克罗格："嘿，克罗格！醒醒！"

"嘿！克罗格！"他被五花大绑，我收好剑，蹲下身来，用巴掌轻拍他的脸颊，"克罗格——咕咕咕！是时候醒醒面对现实了！"

克罗格迷迷糊糊地眨了眨眼睛，扭动着身体，好像想逃跑或者拔出武器，显然他什么都做不了。他扭曲着身体，竭尽全力想松开绑着他的绳子，像一只被装在麻袋里的猪一样咕哝着、呻吟着——当然，我永远不会把可爱的猪装在麻袋里。他看起来比以前瘦了很多，衣服破烂不堪，长着一大把胡子和蓬乱、油腻的头发。

他看起来……很愤怒。

"我召唤的怪兽凋灵很快就会回来，灭掉你们这些缩头乌龟。"他咆哮道，"放了我！我会帮你们打败它！"

"我们已经干掉它了。"我说道。

他目瞪口呆地看着我。

我耸耸肩："怎么？很难吗？"

"接着凋灵骷髅会——"他开始得意扬扬地说。

"它们跑掉了。显然，它们不喜欢狼。"

克罗格有些丧气，而后又振作起来。"一旦我拿到炸药——"

"你拿不到的。你很长时间都没能够到你的口袋。"

托克和贾罗匆匆跑过来与我们会合。"哇哦。"贾罗说道，

我的世界　怪物小队3　苦力怕之战

"这不是我期待见到的人。"

"当然不是。"克罗格趾高气扬地说道,"因为你那呆瓜脑袋想不到。嗷——！"

"不好意思踢了你,我的脚有时候不听使唤。"我说道。

玛尔将剑指向克罗格的胸口:"你是怎么从监狱里逃出来的？"

"我凭什么告诉你？"

剑刃扎得更深了些。"因为你喜欢滔滔不绝地说话,不喜欢被剑刺。"

克罗格叹了口气:"如果非要说的话,孩子们,你们知道的,那些长老都是傻瓜。他们每天只会给我送来食物和水,其他时间都让我自己思考策略。我用碗在地板上挖了个洞,每当他们来检查时,我就坐在洞上。这个洞通往他们的储藏室,里面有创始人留下的所有稀有古董和物资。我拿走了用苦力怕头做的头盔、附魔披风、未知的药水、书籍、备用酿造台、不寻常的原料等。其中还有一个龟背箱,所以搬运任何东西都变得很容易。"

他戏剧性地停顿了一下,希望能得到一些回应,但我们对在监狱挖洞并犯下盗窃罪的人丝毫不会感到佩服。

"好的。既然你逃出了监狱,又为何要跟踪我们呢？"玛尔问道。

克罗格盯着玛尔,仿佛她长出了第三个脑袋。"当然是为了恐吓和惩罚你们。你们破坏了我的计划,杀死了我的怪物,赶走了我的强盗，把我关进了监狱。你们犯下了这些罪行，就必须付出代价！"

"克罗格，你知道自己简直是个魔鬼吗？"蕾娜问道。

克罗格朝她眨了眨眼："我正在写一部关于我人生的音乐剧，里面有一首关于你们这帮浑蛋的歌，想听吗？"

"不想。"我说。

克罗格清了清嗓子，又大声又难听地唱道：

"惩罚那些孩子 / 他们坏得入骨 /

他们让你一无所有 /

去追逐他们 / 痛扁他们 / 给他们点颜色瞧瞧 /

夜里趁他们熟睡 / 烧掉他们的庇护所 /

惩罚那些孩子 / 他们让你受苦 /

用恐惧填满他们的心扉。"

"糟糕透顶。"贾罗说道。

"哈哈！"克罗格露出一副可怕的笑容，"哈哈！你们收到我的信息了吗？我的信息是：哈哈！"

"好了，让我们把这个家伙带回镇上，"玛尔说，"我们要确保他不能说话，因为我不喜欢他之前说的话，在监狱里度过几个月后，他居然还能编出一首关于惩罚我们的歌曲。"

"但将他放回监狱，是为了让他再次越狱吗？"我问道。

大家都看着我。

"你有什么提议？"玛尔问道。

"我们可以把他扔到深暗之域，让他跟监守者待在一起——"我开口道。

玛尔一胳膊肘击中我的肋骨说:"你不是认真的吧?"

我耸耸肩说:"值得一试。"

"如果我们让他待在那种环境里,他可能会没命的。但如果他逃了出来,还是会继续追杀我们。我们唯一能做的,便是将他带回镇上去。"

我们都看着克罗格。他正在气愤地自言自语,抱怨我们本应该受到的可怕惩罚。此时我只想说,我很高兴他不会继续躲在庇护所外的黑暗中了,再也不能手持火把,伺机伤害我们了。

26

贾罗

　　我很快就找到了克罗格藏在草地里的马。他可能罪大恶极，但他的马是无辜的。克罗格告诉我们，他给马取的名字叫"屠戮"，但实际上这匹马是他从我家马群中偷走的，它的原名叫"蜂蜜小脚"。这显然是楚格的取名风格，他解释说这是因为它的金色脚踝，这让克罗格又开始滔滔不绝。至少我们知道如何堵住他的嘴。

　　问题仍然存在，那就是克罗格的裤子口袋：里面隐藏了各种恶毒的东西，我们不希望他够得着。最后，我主动贡献了一条新裤子，在楚格、托克和我的监视下，被绑着手的克罗格换下了裤子，这个过程相当奇怪。当我们确定他不能摸到口袋里的潜影盒，无法掏出更多的炸药和危险的药水时，

我的世界　怪物小队 3　苦力怕之战

大家都顿感舒适。我们之前还都没见过这样的盒子，但显然它就像是一个"盒中箱"，里面能装很多的东西。不过我会怀念我那条裤子的，它看着舒服极了。

多亏托克的酿造技术和克罗格偷来的货品，我们有了足够的迅捷药水能提供给六匹马和小狼波比。玛尔查看地图之后，我们便骑上马出发了。穿越平原要比沿着海边原路返回更快捷，所以我们正朝着新的方向前进。按照地图的指引，这附近应该不会发生意外——没有林地府邸，没有黑森林，没有村庄，没有可能出现恐怖怪物的古代遗迹。略有不同的是唯有一片繁花森林，我们在那里停下来午餐小憩。这里美得令人流泪，繁盛的鲜花融合成绚丽的彩虹。

我开始琢磨，也许我应该拓展花卉生意，做大做强马匹羊驼租赁和蘑菇农场的事业。但这样一来，我就需要更多的土地，也可能需要雇用更多的人。新聚宝盆镇土地广袤，因为它在墙外，但我们家周围已经建满了房屋，占用了养花所需的土地。尽管如此，我看着眼前的景观，也看见了无限的可能。

虽然在这趟旅途中我们遭遇了不少骇人的事物，但我们也邂逅了不少奇观。可能除了楠之外，镇上便无人见过繁花森林了。那些在镇中心劳碌一生的人，甚至都没听说过繁花森林。如今我身处其中，被美景环绕，蜜蜂在耳边嗡嗡作响，万千花朵的香馨扑面而来。我意识到，尽管遭遇了这一切，尽管经历了恐惧与痛苦，我还是很高兴能踏上这次的旅程。我宁愿在主世界体验人生起伏,也不愿在镇子里碌碌终生,每天看着相同的房子、相同的街道和卖着不同价格羊肉的相同的人。

我宁可拥抱自由。

嗯……只要苦力怕头不在附近。

我们的食物快耗尽了,所以那天下午,我们较早地停在了一条河边。我布置好围场,帮助玛尔搭建庇护所。这次不需要建一个能容纳马匹的大型庇护所,但她还是搭了一个比往常更宽敞的。她添置了一面内墙,向托克要来一扇铁门,这时我才明白原因——给克罗格搭一间迷你牢房。想到他要睡在离我如此近的位置,我就心生厌烦,不愿想象他就坐在那里,借着火把的微光盯着我们。托克肯定也感同身受,所以他制作了一扇没有窗口的坚实铁门。我们吃饱喝足后,楚格给克罗格扔去一片鱼肉,然后门一关,我们便听不见他的声音了。我本来还挺担心——担心克罗格又企图逃跑——但波比就睡在门口,监守着他。克罗格也许能蒙混过我们那些年迈的长老,他们大多都耳背,但他绝不可能在一匹狼的眼皮底下溜走,如果他开始挖地,至少我们肯定能听得见。

第二天清晨,克罗格继续被关在小房间里。他抱怨着自己的不适,声称自己应该得到优待,还说早晚会惩罚我们。但楚格仅仅是又扔给他一片鱼肉,然后狠狠地关上了门。我再也没看见过他,直到楚格和玛尔拆掉庇护所最后的小房间。楚格捆住他的双手,将他弄上马,并警告他,若胆敢再喋喋不休，他的嘴巴马上就会被堵住。

我记得嘴被堵上的感受，奥洛克和他的喽啰就曾这么对我，我不想再有任何人经历这番感受。与此同时，我也绝不想听见一个大人哼唱恐怖歌谣，唱着他要如何烧掉我的脚趾。

迅捷药水起效了，世界变得模糊不清。马儿们似乎很喜欢这种感觉——它们嘶鸣着，伸长了脖子，像风一样奔驰着。我们越过山丘，跨过湖泊，穿过森林。我们还得快速地在一条极其宽广的河流上架一座桥，但并未耽搁多长时间。但离家越近，我越能觉察到玛尔内心增长的忧虑，她在担心楠。到了该吃午饭的时间，她时不时地将手伸进口袋，仿佛在确认附魔金苹果没掉出来。我知道，她在想象我们回到聚宝盆镇时的场景，要是晚到几分钟，楠或许已然不在人世。她可能会因此而自责一生，我们会因为自己的过错而痛惜不已，可能正是在我们驻足欣赏繁花森林时，楠咽下了最后一口气。

我们都感同身受，这一点我敢肯定。没人再要求停下来，也没人要求更多的食物，甚至连楚格也一样，这已经足够说明问题了。夕阳西下，玛尔骑马加速奔驰，我们缄默不语地追随。我们速度极快，任何怪物都追不上我们的步伐。就快到了，我们内心明白。我们在马匹耳边低语，乞求它们能再快一点儿，拜托了。

"想吃多少小麦就给你多少。"我向斯贝尔克斯许诺道，"再坚持一会儿。"

夜幕降临，我的肚子咕咕叫了起来，双腿也开始发麻。

我知道明天会全身酸痛，但我们就快抵达目的地了，我不想成为要求玛尔停下来的人。

"到了！"玛尔喊道。如果我眯起双眼，便能勉强看见我们的小镇从平静的草地上慢慢升起，每隔七个方块便插有一根火把，微光闪烁，如同繁星之夜。我听见一声呻吟，是我的马靠近了一只僵尸，我能闻到它的臭味。我们继续前进着。玛尔驾着马匹朝着城墙的方向跑去。我无法从这里看见新聚宝盆镇，但我知道它就在那个方位，我的心情如同久久紧握的拳头终于松开了一般。我想回家，想在自己的床上睡觉，想知道明天再也不必面对任何可怕的事物了，但我告诉自己，需要再坚持一会儿。家就在眼前，我们只需要先去拯救楠。

我们在大门前紧急刹车。古怪的是，墙上有了几扇巨大的门。拉尔斯拿着剑，站起身指着我们，吉米则靠在墙边呼呼大睡。

"是谁——什么？"拉尔斯结巴地说，"噢，是你们啊。跑得可真快，不是吗？"

"人命关天，我们得抓紧时间。"玛尔怒气冲冲地说道，"你能打开门吗？"

拉尔斯顶了顶吉米，他从梦中惊醒，瞪大眼睛看着我们，手里也拿着剑。

"这很不礼貌。"拉尔斯说。

"能请你打开门吗？"玛尔说道，越来越不耐烦。

"我还是觉得不礼貌，拉尔斯。"吉米讥讽道。

我的世界　怪物小队3　苦力怕之战

"噢，拉尔斯，你是个强壮的男人，绝不是穿着不合身的盔甲，长着裹着巧克力渍一般的胡子的愚蠢青少年。能否请你做好自己的工作，为我们打开城门，让我去救危在旦夕的高祖母？"

拉尔斯哼道："不行。"

我无法在黑夜中看清玛尔，但此刻她的脸应该和她的头发一样红，这可不是和她开玩笑的时候。

"不行？"玛尔缓慢而冷酷地问道。

"不行。你们这群人擅自离开之后，长老们颁布了新的法律。此外，克罗格越狱了，你们没有经过批准便离开。我们守着城门，除非名单上有你们，否则一律不许入内。"他拿出一份名单检查着，"名单上没有你们。实际上，没有人在名单上。"

玛尔戏剧般地叹了口气："你们还不明白吗？你们阻止不了我们。你们无法阻止我们进入，也无法阻止我们出去。而且我们抓住了克罗格，这对长老们来说很重要。"

"那么你们可以等到明天，等到老斯图拿着钥匙来开门的时候再与他交谈。至于现在，即便我想开门，我也开不了。这就是规定。"

"我来让他瞧瞧拳头的厉害。"楚格吼道。

"不行。"玛尔说道，"这不是我们的作风。我们有其他办法进去。"她掉转马头，让汗湿的马屁股对着拉尔斯的脸，"非常感谢，你们这些浑蛋。"

玛尔带领我们离开，楚格在一旁嘟囔了一些坏话。

"你又惹麻烦喽。"拉尔斯对蕾娜说。

"我不会惹到我尊重的人。"蕾娜回话道。我不知道自己为何会曾真的欺负这样一个女孩儿。现在的任何一场比拼中，我都不觉得自己比她优越。我多么希望能有一种极不尴尬的方式告诉她，我是多么崇拜她。

然而，我们疲倦的马匹沿着城墙缓缓前进，步伐慢得如同地上沾了蜂蜜，这时我注意到一些不同寻常的事情。我们本该能看见新聚宝盆镇出现在城墙的一头，在火把的照耀下映射小镇的光影。我本该听见其他马匹的欢迎嘶鸣，以及小家伙见到楚格后发出的哼唧声。

然而，唯有一片寂然。

我们靠得更近时，我的疑虑得以证实。新聚宝盆镇不翼而飞。

27

蕾娜

我哥拉尔斯真是气得我想吐,但我不能让他看见。我知道他是个无赖,但为何要拦下能拯救楠的性命的解药,就为了泄愤吗?

他或许觉得自己是个英雄,但实际却是个大恶人。

不过这都无所谓了,我们知道如何找到楠,而且不需要走大门,不需要任何人批准。

"各位,你们看见我看见的东西了吗?或者我没看见的?"楚格问道。

我缓过神来,抬头一看……一无所有。

新聚宝盆镇的地面被翻了个底朝天。

"看来他们决定不让任何人走出城墙了。"托克说道。

"小家伙!猪小姐!"楚格喊道,"他们偷了我的猪!哦,不，他们会吃掉它们吗？他们会给小猪起愚蠢的名字吗！哦，不，不！"楚格难过万分，致使他的马也变得紧张，但是……他确实该紧张。他、托克和贾罗所努力经营的一切都已不复存在。

"他们不会伤害动物的。"玛尔提醒他。

"如果他们知道了'培根'，就会伤害它。"

"我敢肯定老斯图没收了我们店里的一切。"托克不满地说道，"我敢肯定他会说是为了小镇好，他一定会以高价卖掉。"

"我敢肯定我老妈肯定把我的生意给占了。"贾罗的声音里流露出沮丧，"她肯定卖掉了我的蘑菇，还把我的家畜都养在了她的花园。"

"我们去把所有东西都夺回来。"玛尔承诺道，"我们先去找楠，然后再想办法。走吧！"

玛尔策马绕着城墙奔驰，我们紧跟其后。我将克罗格的马拴到了我的马上，不知拉尔斯和吉米是否注意到了，或者根本就不相信我们。此时此刻，他们为了保住自己的权威，让我们感到自己卑微，什么事都做得出来。他们要是有脑子，就该把克罗格掳走，然后声称自己抓捕有功，但他们啥都没做。其实不是，他们只是忙着欺压我们，忽略了这一点。

历经多日的旅途之后，城墙仿佛更加矮小了。不久，我们便抵达了巨型圆石的缺口处，紧挨着新大门。楠的小屋就靠在城墙后面，她的屋子里有一扇可以望向主世界的窗户。她利用活塞系统将其隐藏了起来，就连长老们可能都不知道它的存

我的世界　怪物小队3　苦力怕之战

在。正是这扇窗户为我提供了看向聚宝盆镇之外的世界的机会，我依旧喜欢透过它凝望主世界，望向无尽的草原与花海。

玛尔跳下马背，敲响了窗户，但——楠病得太重，无法前来开窗。见无人应答，玛尔掏出镐头，在窗户旁边选择了一个远离房屋边缘的位置，挖下了两块石块。我们骑着马走过去，她将石块复原，跟了上来。我们跳下马，贾罗拿着缰绳看守马匹，玛尔带着我们飞快地跑进房屋。楠虽然是她的祖辈，但也是我的师傅，我们两人之中，还数我更了解楠。无论她情况如何，我都需要陪在她的身边。托克和楚格跟着我俩迈进了楠家的前门。

我们冲进房门，房内的人惊呼了一口气。小镇治疗师蒂尼的女儿莉薇正蜷缩在沙发上，打开门的瞬间，她像是刚醒一般地惊坐起来。

"你们干吗？"她问道，"这是病人的房间。"

"我们是来救楠的。"玛尔略过她，径直走到楠的床边。楠看上去弱小无助，满脸褶皱，面色苍白。玛尔伸手握住她，低声呼唤着她的名字。

"玛拉，是你吗？"楠轻柔地低语道，眼睛微微睁开。

"楠，我是玛尔，玛拉的女儿。我们找到附魔金苹果了。"

听到这儿，楠试着坐起身来，但她实在过于虚弱。楚格扶她起身，将枕头垫在她身后。玛尔把手伸进口袋，掏出了附魔金苹果。苹果的金光照耀着整个房间，她将其递到了楠的嘴边。

"好在我还有些牙齿。"楠在下嘴之前念叨着。

鉴于她目前的状况,吃下整个苹果也耗费了不少时间,但效果肉眼可见。她的眼神变得锐利,慢慢挺直了脊柱,双手有了力气。咬下最后一口的时候,她使劲拍了拍楚格。"给我挪点儿位置。"她吃完了最后一口时说道,"这些枕头都起毛了。"

"您感觉如何?"玛尔眼眶湿润地问道。

"好多了。生龙活虎!像是我只有八十岁。"楠走下床,步履蹒跚地走到窗户前,"有人忙着敲窗,莉薇却说一切安好。"

"是我们敲的。"我说道,"他们不让我们走大门。"

"还有,新聚宝盆镇没了!"楚格喊道,"我们的家,我们的商店,我们的动物,全都没了!"

听到这儿,楠皱起眉头,眼中闪烁着雷电般的怒火。"莉薇就是这么说的——长老们一致决定结束新聚宝盆镇实验,并永久关闭城墙。'这都是为了我们好。'她这个傻瓜说。要是我当初站在他们中间,还没有半死不活,我会给他们好看的!我敢肯定,这都是年轻的斯图搞的鬼。他总是这样欺负人,自以为什么都懂。哼!"

"莉薇,你知道——"玛尔开口道。

但很快闭上了嘴。

莉薇已经不在沙发上,门也敞开着。我们的注意力全在楠身上,甚至没有发现她的离开。楠叹了口气:"她肯定跑去告密了。我从来就不信任她,我甚至怀疑她是蒂尼派来监视我的,长老们怀疑我私藏了一些有价值的东西。"她眨了眨眼

我的世界 怪物小队 3 苦力怕之战

睛,"你们知道的,我确实藏了。但我宁可死,也不会让斯图得到这些东西。要么我就长命百岁,故意跟他们作对。去把门关上吧,来说说我的老友埃弗拉姆的故事。"

楚格乖乖地关上了门,偷笑着:"您肯定不会相信,但是——"

这时,贾罗从门外走进来,用缰绳牵着五花大绑的克罗格,还堵上了他的嘴。

"别让这家伙进来!"楠怒斥道,"这家伙狂妄无礼,还总是滔滔不绝,让人心神不安,没人喜欢听他叨叨。"

"我们堵住了他的嘴。"贾罗害羞地告诉楠。

"不错。那他可以坐到角落,反思自己的行为。"

贾罗依旧容易被楠吓到,他将克罗格牵到一处空荡的角落,然后就站在了原地,等着下一步指示。克罗格转过身面对墙角坐下,把自己裹在披风里。他总是十分畏惧楠,和大多数人一样。

"好了吧?"楠催促楚格。

"我们去到了海洋中央,往下一看,发现了这座巨大的建筑,周围全是独眼刺头杀人鱼,于是我们对自己说,'显然,这是一个疯狂老头儿的杰作,决定到水下一探究竟'。"楚格开口道。

"这是我听说过的最离谱儿的事情了,继续说。"

"于是,我们喝下水肺药水,尽管眼里全是泡泡,我们还是游了下去——"楚格继续讲述故事,楠会在有问题的时候插话，或者在楚格说些无关紧要的话题时打断他。她自顾自地点着头，仿佛她早就听闻过繁茂洞穴和监守者的故事，但我确信她一无所知。

"啊对，飘灵。"楠点头说道。

"是凋灵。"我说着，拿起我的画给她看。

楠抓紧自己胸口，说自己刚刚走鬼门关回来，让我别来引发她的心脏病。

房门突然打开，一群人蜂拥进了楠的小屋。领头的是老斯图和加伯长老，接着是泰伯、扎克、卡瑞斯、尼克和乔伊等长老。他们的身后站着蒂尼，以及她的女儿莉薇和儿子麦克，还有拉尔斯和吉米。还有最令人讨厌的，贾罗的老妈多娜。

"他们在这儿！"老斯图高声喊道，"给小镇带来灾祸的害群之马！"

"显然克罗格才是灾祸之源，你们走开。"楚格抱怨道。

"永远吃不饱的男孩儿说得对！"楠蹒跚地走到老斯图面前，盯着他那张怒气冲天、满是褶皱的脸，"我现在明白了。你们关闭城墙，设立各种新的安全规章，正是因为克罗格从你们的小监狱里逃走了。但你们没有通知小镇居民，因为你们知道，你们将会被千夫所指，于是便将责任推卸到了这群小孩儿身上，并没收了他们的家产。你们所做的这一切，都只是为了掩盖你们自己的错误罢了。你们应该感谢这群小孩儿，他们拯救小镇三次了！他们刚刚还救了我的命。"

我的世界 怪物小队3 苦力怕之战

"喀喀,是的,但我不同意你的说法。"加伯长老说道,双手拄着拐杖,高高扬起下巴,"我相信是因为蒂尼和我对你的悉心照料才使你康复如初的。"

"一派胡言!"楠咆哮道,"我还没有糊涂,我的下巴上还沾有附魔金苹果汁,足以证明不是你们的'照料'的功劳。你们只会拍拍我的手,询问我是否有珍藏的秘密文物可以捐献给大家。"她指着加伯长老的尖鼻子说道,"够了!我要收回最老长老的位置,绝不能让你们这群封闭狭隘的笨蛋将小镇毁于一旦。"

接着,非常可怕的事情发生了。

老斯图做了一件我认为他从未做过的事。

他微笑着。

"很不幸,楠。我们最近重新修订了小镇章程。我们一致同意,只有现任长老才能投票选举新任长老,恐怕你并不在其中。无论过去有过何种规定,现在的情况就是这样,不容更改。当然,你可以作为一名有价值的公民继续在小镇生活,但恐怕你这辈子都只能是一个普通的'老人'了。"

我讨厌看见楠露出恐怖的神情,她现在意识到这群人在愚弄她。他们神不知鬼不觉地夺走了她的权力,她心知肚明。即便吃下了附魔金苹果,楠也没有足够的力量反击,只能说一些尖锐的话。

屋外人声嘈杂,开始有人把头探进楠的房门和窗户。我看见了我的父母,玛尔的父母,楚格和托克的父母,因卡、弗莱德、雷米、艾德、本、罗伯、萨亚和里斯。全镇的人似乎都来观看这场闹剧。有的人走进了屋子，有的人打开了窗户，我开始因为这些注视的眼神而惴惴不安。

"你们不能这样做。"楠说道，"创始人明确地说了——"

"创始人早已成了历史，世界正在变化。"加伯长老摊开双手，"事已至此，不容更改。"

楠颤抖着，玛尔一只手搭在她的肩上。

"我的猪呢？"楚格问道，声音低沉而冷酷。加伯长老和老斯图后撤了一步，仿佛他拔出了剑一样。

"在你父母的农场，那里才是你的归宿，年轻人。"老斯图回击道，"这是新修订的小镇章程的另一部分——儿童必须待在父母身边，直到长老委员会一致认为他达到足够的年龄，并拥有足够的责任心。"

楚格大吃一惊。

若要等长老们的同意，他可能要到五十岁才能独立生活。

"你们这群怪物。"他低声说道。

"我们都是为了聚宝盆镇好。城墙关闭，无人出入，小孩儿守规矩。这才是一座伟大的城镇啊！万岁！"话音刚落便迎来了一阵喝彩……不过并非众人的喝彩，只有长老们在欢呼。

"贾罗，你小子跟我回家。"多娜挤到他身边说道，"别再犯傻了。我要你回家照看蜜蜂、种植更多的蘑菇和甜浆果。你的马和羊驼都得滚到墙外面——那么多粪便！但我肯定，你会忙到没空怀念它们的。"她瞪着我们，"你也会忙到没空被这几个害群之马带坏的。他们只会害了你。"

她伸手去碰贾罗的脸,但贾罗后退了一步,差点儿撞翻克罗格,他自始至终都被绑在角落里。

"我不跟你回去。"他说道。

"这是你的家——"

"再也不是了。"

老斯图提高了音量,打断了多娜的训话。"你们这群孩子都得回到父母身边。不许再经营新聚宝盆镇的事务。墙内的生活完全能自给自足。现在,如果——"他惊掉了下巴,"那是……克罗格?"

果然,克罗格现在面朝房间,眼睛瞪得鼓鼓的,眼神充满了仇恨。

"没错,那就是克罗格。他追踪我们很多天了,还释放了一只凋灵来攻击我们,最后被我们活捉了。你们需要一间黑曜石牢房和更好的守卫。"托克第一次参与了这场争论,"镇上的其他人知道他逃走了吗?"

房间里的人开始窃窃私语,显然大多数人都被蒙在鼓里。

克罗格逃跑了?他逃出去了?

为什么不告诉我们?

所以关闭城墙?

是这群小孩儿……抓住了他?

"我们已经采取了措施保卫小镇安全。"老斯图提高了嗓门儿说道,"显然没人遭遇危险。"

"除了我们的孩子！"楚格的妈妈喊道。

"没错，但他们违反了法律，非法逃离了小镇。"加伯长老不悦地说道。

"这不是借口！"

一片混乱之中，克罗格挣扎着，怒吼着，企图踢倒贾罗。贾罗将他推倒在地，老斯图走过来要求拿走缰绳。

"你们要对他做什么？"贾罗问道。

"我们会惩罚他。"

"我们怎么确定你们有能力将他关起来？"

"你在质疑我吗？"老斯图的声音高亢得发抖，众人都静下来聆听。

贾罗被众人注视着，但我已经厌倦了这样的场面，受够了。

"是的，我们就是在质疑你。"我说道。众人的目光都集中到了我身上，"这就是'疯子蕾娜'"的窃窃私语传遍了整个小屋，但我不在乎，长老已经触碰了我的底线。"我们就是在质疑你，因为你就该被质疑。你向我们小孩子隐瞒了外面世界的存在，谎称外面的世界危险万分，也让孩子们错过了许多美妙绝伦的景致。你禁锢着那些生来自由的大人，他们本该可以去往任何想去的地方。你挑选和制定了各种规则，只为维系自己的长老权威，让自己的宝箱永远盛满绿宝石。你不向人们传授任何技能，迫使人们只能依附于你。现在，你意识到无法掌控我们，便企图将这些规则变成法律，以便强制我们过上你们这些所谓的长老所认为的美好生活。"

屋子里一片寂静，所有人的目光都聚焦在我身上，但我已然面对过凋灵和监守者，这里没人有权掌控我。我提高了嗓门儿。

"聚宝盆镇的人们啊，我于此将世界的秘密公之于众：城墙就是一个谎言。任何人都可以敲下墙上的两块石块，随时进出，没人可以阻拦。长老们的统治仅是虚幻的假象，你们所有人都可以学习如何使用工作台和酿造台。若你愿意，主世界里有着广袤的空间供你开采矿石。羊群、牛群、鸡群自由自在地在外面的原野闲逛，一切都是免费的。你们不必如此生活着，我就不愿这样活下去。"

我看向我的朋友们。

看向玛尔：我们的队长，我们的后盾。

看向楚格：我们的战士，我们的心脏。

看向楚格：我们的发明家，我们的智慧。

看向贾罗：我们的驯兽师，我们的勇气。

我甚至能从楠的镜子里看见自己，高大、强壮、坚决。

我能看到世人无法看见的事物，能看见一切明晰的事理，看到我们已经离开了这个地方。

"你们想要建立自己的城镇吗？"我问道。

28

玛尔

这是一阵漫长而激动人心的沉默。

从未有人永远离开过聚宝盆镇。

"作为最年长的长老,我绝不允许!"老斯图咆哮着。

我耸耸肩:"随便,我们不在乎。"

楠发出了我熟悉的笑声。她只有在谋划一些阴险事情的时候才会发出这般声音。

"我也要去。"她说道,"我已经很久没出去过了,我想看看新事物。这地方现在已变得无聊透顶。"

她从加伯长老手里抢走了拐杖,像赶马一样在面前挥舞。"走!全部离开这儿!吁——不欢迎你们。"

"但是——"

我的世界 怪物小队 3 苦力怕之战

"没有但是,没有女巫小屋。现在给我滚出去,否则我会像对待你小时候那样,抽你的手指头。"

老斯图和加伯长老被迫步步后撤,镇上没人和他们站在一边。吉米和拉尔斯莫名其妙地失踪了。多娜时而恳求时而命令贾罗回家,但贾罗却只是将绑着克罗格的绳索递给她,说道:"确保要用黑曜石打造牢房,否则他还会跑出来的。"

门外的群众观点不一,喧哗不已。我听见有人在谴责我们这群不知感恩的害群之马,也听见有人在疑惑自己是否真的可以打开城门。

蕾娜来到我和楠身边,低声说道:"我希望你们不会介意。"

我微笑着和她碰拳:"我一直都知道,你能梦想到一些我想不到的事情,但这一次的梦,我想参与其中。"

我说的是实话。我从未设想过如此大胆的事情,但这也是唯一能被接受的答案。这些人再也无法阻止我们了。我会想念我的爸妈,但……希望老斯图和加伯长老去世以后,新任长老能更通情达理。到那时,我也许能时而溜到城墙这边来探望他们。如果他们愿意,也可以和我一起走……但我们就不得不好好谈谈我独立当家的事情了。

楠拍了拍蕾娜的后背说道:"干得不错,我的学徒。干得不错。"蕾娜咧嘴笑了。她早已搬出了家,远离了家庭的束缚,茁壮成长着。没人欺负她,没人挑她的刺,也没人说她一无是处、疯疯癫癫。她已经比这些人成熟了许多,她肯定不愿回到这里。

门外的动静吸引了我的注意——是我的爸妈。

我深呼一口气,走出门去迎接人生中最尴尬的一场对话。

我妈的眼睛全红了,她伸开双臂紧紧抱住我。

我与她紧紧相拥,我老爸在一旁站着,不时地咳嗽着。

"你真的要走吗?"我妈问道。

"是的。但楠会和我们在一起,所以我们并没有完全脱离监护。"

"至少你还和家人在一块儿。"

我往后站了一步,看着妈妈,又看向爸爸:"我的伙伴就如同我的家人。我们会彼此照顾,你们不必担心。我保证,我会回来探望你们的。或者,你们也可以来探望我们。你可能会喜欢墙外的世界。正如蕾娜所说——离开比想象中简单得多。"

"你想要一头牛吗?"我爸问道,语气生硬如同往常,"要带走康纳吗?"

泪水浸润了我的眼眶。我没有提及主世界遍地都是自由牛的事。对于我父亲而言,这是他最大限度地赐予我祝福的形式了。

"如果你把它送我,那再好不过了。"

老爸点点头,清了清嗓子:"我明早把它带来。"

我妈走近了一些,将我的辫子搭到肩上,却又皱起了眉头:"这是什么?灰烬?岩石块?还是粉色花瓣?我甚至不知道还有粉色的鲜花。"

我拿起她手里的杜鹃花,点头说道:"墙外还有许多你不知道的事物。你有时间应该去看看。"

老爸默默地摇了摇头，但妈妈的眼神飘向了远方。此刻，她身上有了楠的影子："也许会有这一天的。等你们建好了城镇，一切都安顿妥当，也许我会去的。"

"这才是我的玛拉。"楠欣慰地说道，"有着一颗冒险家之心。"

我们彼此拥抱，清了清嗓子，我爸妈便离开了。我感受到了他们的祝福，虽然他们并不能完全理解我，但这已经达到我所期望的了。

我父母走后，大嘴巴多娜回来继续纠缠贾罗。于是，楠走了过去，抢起加伯长老的拐杖就开始抽她，把她赶到了门口。

"演出结束了。别再来纠缠那个好男孩儿，快去收拾你愚蠢的浆果吧，你这个唠叨鬼。"

多娜无奈地离开，身后拽着克罗格，像在牵着一只没有驯化的狼。"和你们没完！"她扭头喊道。

"当然没完。"楠吼道，"滚出我的房子，你这个魔鬼！"多娜离开之后，楠找到贾罗："现在，来帮老太婆收拾行李，准备启程，好吗？"

我四处张望，却没发现楚格和托克的身影。我实际上记不清有多久没看到他们了，刚才发生了太多事——他们一定悄悄溜走了，但这又是为什么呢？

我一开始还觉得是他们的父母逼他们出去的，但……这么说吧，即便是他俩还住在南瓜农场的时候，他们的父母也没法儿管住他俩当中的任何一个。

啊哈！农场。

我知道他俩去了哪里，也能猜到他俩正在干什么。我自顾自笑着，帮助贾罗和楠收拾行囊。蕾娜去到自己的小屋收拾东西，波比跟在她身旁。人群散去之后，波比平静了许多。我们向楠讲述更多旅途的细节，她和往常一样，对我们的经历表现得十分熟悉，同时又惊奇不已。她终于承认自己从未听说过监守者，这是个巨大的转变，因为她老是表现得自己很熟悉我们所遭遇的一切。当听到克罗格伪装成苦力怕头，对贾罗坏事做尽，她给了贾罗四块曲奇，让他留着自己吃。我能想象，就在那一刻，贾罗觉得所经历的一切都值了。

整理楠的食物储藏室的时候，我打了一个大大的哈欠，嘴都快裂开了。经历了漫长的一天又一天，我们需要好好睡一觉。我知道镇上的人们不希望我们离开，但我也不觉得他们有谁会特别想要我们留在这里。我爸妈了解事情的缘由，蕾娜的父母巴不得永远摆脱她，多娜也很感谢我们远离了她的生活，楚格和托克大抵还在处理他们的家庭事务。

我掏出床铺，靠墙放置，贾罗也跟随我的步伐。

楠停下收拾曲奇的手，大大地叹了口气："真是聪明的孩子。困了就无法继续旅行。你们觉得大饿鬼和烧掉眉毛的小鬼今晚会回来吗？"

"楚格找到他的小猪，并说服他妈拿走全部馅儿饼之后，他们会回来的。"我说道，"相信我，他俩的老爸很早以前就

我的世界　怪物小队 3　苦力怕之战

知道无法控制他俩了。他们大概率会和我的父母一样，尽管不喜欢如此，但还是会理解。"

果然，还没等楠躺到床上，楚格和托克就冲进了门。楚格得意扬扬地抱着三头胖乎乎的粉色小猪。

"看看它们！"他高兴地说道，"它们太漂亮了！我当爷爷了！"

"难道不是当'老猪肉'了吗？"托克问道，他的小猫开心地在他脚边打转儿。

楚格呻吟道："可以了。托克又开始说笑话了。我们得趁他开始说谐音梗之前赶快入睡。"

托克笑道："你是懂我的。我就是那么'谐门儿'。"

楚格把床扔到地上，睡上去，任凭小猪崽在他肚子上打滚儿。"出发的时候再叫我起床，或者有曲奇吃的时候叫我。"

托克安置好自己的床之后，命令楚格将猪崽还给它们骄傲的猪父母。楚格嘟囔着依照托克的吩咐，小心翼翼地将小猪放进马圈，让它们和小家伙及猪小姐待在一起。蕾娜今晚睡在她的小屋，楠也差不多收拾好了行囊。于是，我睡到自己的床上，微微笑着。

不敢相信我们就要离开聚宝盆镇了。

现在我只需要想明白我们要去往何方。有一件事可以确定：

我们的新城镇将永远不会有城墙。

后记

托克

让我来给这个故事一个简洁而美好的收尾吧,因为我们还有太多事情要做,我得争分夺秒。

次日清晨,我们早早出发,以防镇上有人想来阻拦。我们装满口袋,骑上各自的马——因为无法骑猪,我哥向他的小猪道歉后才骑上了马。鉴于小家伙有了三只活蹦乱跳的小宝宝,我估计它并不在意。玛尔在墙上凿了个洞,我们骑着马穿过洞口,进入了主世界。楠骑着她的白马霍顿斯,坐在华丽的马鞍上。紧随其后的是玛尔的牛康纳,还有贾罗的各种马、羊驼和他的小猫喵喵。这下你明白了吧?当聚宝盆镇的居民在这儿争论不休的时候,楚格和我决定溜出去,将所有的动物都带回来。我们很容易就能找到镇上唯一的马群和羊

我的世界　怪物小队3　苦力怕之战

驼,贾罗的老妈甚至没有把喵喵带回屋子。我们将所有的动物都藏在楠的森林里,等到所有人离开。心想着没人会因为落下自己的宠物而忧心,我们的心情就会十分放松。

当然,楚格和我失去了整个商店的库存,但我可以制作一切所需的物品。主世界里遍地都是原材料,而且克罗格的口袋里既有箱子,又有潜影盒。事实证明,他已经偷走了小镇里的绝大部分好物,所以我们实际上带走的东西比一开始还要多。我们没法儿带走贾罗种植的所有蘑菇,但我确定他在未来还能找到更多。毕竟,我们决定去往海洋的方向,在蘑菇岛附近建立我们的城镇。

我们称之为"探索之城"。

看,我们原来的城镇叫"聚宝盆"。这本来寓意为物产丰饶之地,一切资源应有尽有——当然要付出高价!——每个人都能各取所需、自给自足。

但我们所学到的是——丰足的生活是不错,但真正的满足与成长是只有你踏出舒适圈、体验生活的时候才会到来。当我们开启旅途时,我能够从老斯图处购买锄头。后来,我学会了自己制作锄头。现在我明白了……我一开始就不应该锄南瓜地,我应该学习建筑、实验、探索与创造。

明白了吗?一环接着一环,才有了探索之城。

我们的城镇已经初具雏形。我们正在建造公园、博物馆、花园和镇中心的舞台——专门用于音乐与戏剧演出。城镇还留有足够的土地和森林空间,也有大片空地欢迎新的来客定居于此。我们在聚宝盆镇外和老村庄附近竖起了标志牌，指明了通往我们小镇的方向。我们还在山的另一头发现了新的村庄，村庄的另一边是冰天雪地，我们在那里邂逅了人生中第一场雪。也许有一天，我们会前往冒险。楠说那里有一种名为"熊"的动物，个头儿比马还大，我想要去见识见识——只要我们能阻止楚格和它相拥。

每当有人来访时，我们都会听闻聚宝盆镇的消息，听上去我们离开得正是时候。长老们加强了法律约束，老斯图沉醉于自己是小镇唯一的合成工匠的角色。一些居民偷偷溜出来探望我，我很乐于为他们授课，帮助他们成为新的合成工匠。至少，长老们足够明智地将克罗格关进了黑曜石监狱，派人每天检查巡逻。蒂尼和莉薇还觉得他早晚会逃之夭夭，但至少现在，他只能流下铁窗泪。至于那帮强盗，再也没人听说过他们的消息。但如果他们找到了逃出下界的办法，我们也随时应战。

楠依然健在，喜欢坐在门廊前的石椅上，静看城镇的发展变化。当一切变得过于忙碌或者无聊的时候——你永远不知道下一秒会成什么样，这里还是一个崭新的地方——楠就会去到后廊的另一张石椅上，望向大海。

玛尔有一座小农场和矿井。楚格和我开了一家商店。贾罗出租马匹和羊驼，正在努力想办法饲养驴子。蕾娜成了我们小镇的历史学家，成天泡在图书馆里，翻阅楠的书籍，了解创始人的故事，并将我们的故事传奇书写到新的书里。每

我的世界　怪物小队3　苦力怕之战

当有人前来提问的时候，无论是从现存的书籍寻找，还是开启另一段冒险旅程，她都决心要找到答案。她说，总会有新的东西需要学习，总会有更多的书需要编写。

正如楠所说——我们是冒险家的后代，每个人身上都拥有探索的精神，那是一种渴望看见下一个山丘的精神。对于我而言，更多的是想要看看我究竟能酿造出什么新型药水。但我也知道，寻找原料最好的办法就是带上随行工作坊，跟随我的伙伴们踏上旅程，无论他们去往何方，我都会欣然前往。

请相信我：墙外的生活更加美好。

后记2

探索之城 布加洛舞

楚格

你还留在这儿等着听更多故事吗?

我能理解。探索之城里有着不少有趣的人在讲故事。大家来自五湖四海,总有新鲜的事物可以学习和观赏,或是可以食用,比如楠最近在研究的发光浆果馅儿饼新配方。它确实能让肚子暖暖的,你知道吗?

但听好啦——这里已经是故事的尾声。

我们找到了大家需要的东西,建立起了伟大的事业。我想,我们的祖先一定会为我们而自豪。我、玛尔和托克有时会回到聚宝盆镇看望各自的父母,他们偶尔也会来此探访我

我的世界 怪物小队 3 苦力怕之战

们。一些厌倦了聚宝盆镇各种规矩的人选择来到探索之城定居,这便解释了为何你能在露天集市买到因卡的西瓜。不知为何,卖到这儿的西瓜更甜了。我妈特别喜欢大海,她正在考虑将农场卖给一位叔叔,然后来到这里安度余生,如果她能说服我爸的话。托克答应为他们提供无限的锄头,换取他们的南瓜馅儿饼。考虑到聚宝盆镇拥挤的现状,他们可以到这里抢占馅儿饼市场。

到此为止啦。

我们很开心。

我们的需求得到了满足。

你还想知道什么呢?

或者——你是到这儿来买宠物猪的?

我们目前有两头可供出售,但我希望你做好充足的准备来接受领养面试。我们得确保小家伙的儿子能去到最好的家庭。每晚都要给它们讲睡前故事,而且你千万不能提到培根,还有……

噢,你找贾罗?

他就住在隔壁。

能拜托你转告他,我们今天的晚饭吃鲑鱼吗?

后记3

最后的边界

贾罗

　　我完全能理解，我应该能帮上忙。事实上，大一点儿的猪崽其实更安静，小一点儿的反而爱捣乱。如果你两头都想领养，它们会相互平衡。你要知道大家常说——如果你想养头猪，你不如养整个猪圈。我希望你做好了要给楚格写许多信的准备，得向他详细汇报小猪的日常习惯和成长情况。虽然那家伙不喜欢写信，但他很喜欢读到有关他的小猪崽的任何事情。

　　但如果你只来这儿确认我的状况是否安好，那不必担心。我过得很好。没错，我一直都很担心那帮强盗再次找上门来。也没错，我知道小镇离我人生中至暗时刻的发生地很近。但

我的世界　怪物小队 3　苦力怕之战

在朋友们的帮助下，我正在克服内心的担忧。但我的内心也很平静。我有我的马、羊驼和驴，还有几头哞菇和一间发光浆果温室。生意蒸蒸日上，猫咪也很爱鲜鱼。我们在海边特别快乐，我并不怀念家乡的生活，也不怀念曾经的自己。在这里，我寻找到了自我的价值，遇到了相信我的人。

我也开始相信自己了。

非要我做个总结的话，我会说：

你只需要知道，我拥有世界上最要好的四个朋友，我们一起翻越了城墙，共同建立了让我们骄傲自豪的未来。